フレンドシップウォー

THE FRIENDSHIP WAR

こわれたボタンと友情のゆくえ

アンドリュー・クレメンツ
田中奈津子 訳

講談社

フレンドシップ　ウォー　こわれたボタンと友情のゆくえ

もくじ

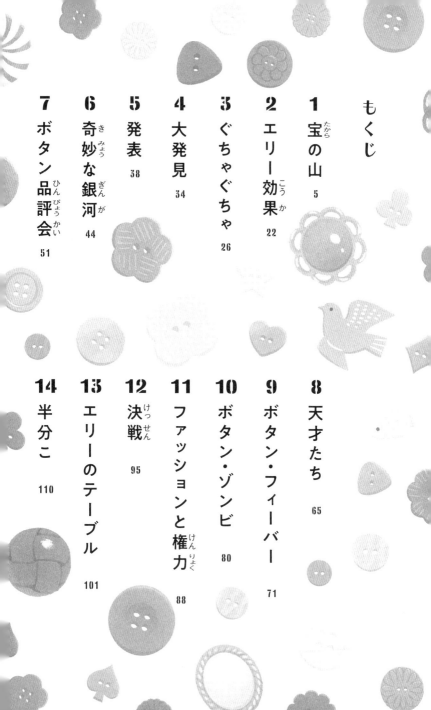

装画　shino

装幀　坂川朱音

1　宝《たから》の山

シカゴからボストンまで、ひとりで飛行機《ひこうき》に乗ってきたけど、パパが心配してたほどたいへんじゃなかった。じつは、たいへんだったのは着いてから。スマートフォンの電源《でんげん》を入れたとたん、パパからのメールの着信音《ちゃくしんおん》が立てつづけに三回鳴った。

【パパ】

12：46　着いたらすぐにメールをよこしなさい。

12：48　もう飛行機は着いてるころだろう。

12：50　おーい、だいじょうぶか？

そこで、わたしは急いでメールした。

だいじょうぶ。今着いた。ボストンから愛《あい》をこめて！

パパは心配性《しんぱいしょう》なのよ。自分では慎重派《しんちょうは》だっていってるけど、心配性なだけ。ママはそこまで心配してない。わたしがばかなことをしないって知ってるから――わざとはね。お兄ちゃんのベンだってそう思ってる。ベンはわたしのこと、すごくよくわかってくれてるの。わたしもベンのことをなんでも知ってる。わかりやすいんだ。十五歳《さい》で、頭の中にあることといったら二つだけだから。女の子と音楽のことね。
ベンの好《す》きな音楽は、ロックでもジャズでもラップでもない。マーチングバンドなの。これじゃ女の子にもてないよね。カウボーイハットをかぶって行進するクラリネット奏者《そうしゃ》なんてさ。だけど、ベンのバンドのキャンプがなかったら、家族全員で飛行機《ひこうき》に乗ってここへ来てたわけだし、おじいちゃんとふたりきりで過《す》ごすことはできなかった。

だから、マーチングバンド、ばんざい！

それに、パパが心配性《しんぱいしょう》でなかったら、二週間前にわたしにスマホを買ってくれるなんてこと、なかっただろうし。

だから、パパが心配性でよかった、ばんざい！

おじいちゃんはパパにいわれたとおり、飛行機《ひこうき》からおりた人が通る通路のいちばんはしっこで待っていた。

「やあ、グレース！　よく来たね！」

「こんにちは、おじいちゃん！　元気そうね！」

これ、ただのあいさつでいったわけじゃない。

去年の夏は、みんなでここマサチューセッツ州に来たけど、それはおばあちゃんのお葬《そう》式《しき》のためだった。そのときのおじいちゃんはやせこけて、すごく年寄《としよ》りに見えた。

今日はずいぶん元気そうだし、ハグしたらもうそんなにガリガリじゃなかった。

わたしの世話をしてくれたフライトアテンダントが、おじいちゃんの免許証《めんきょしょう》を確認《かくにん》した。おじいちゃんが書類《しょるい》にサインしたあと、ふたりで歩きだした。わたしはリュックを背《せ》負《お》い、おじいちゃんはスーツケースを引っぱってくれている。

「荷物はこれだけかい？」

「うん」

「そうか。じゃ、駐車場《ちゅうしゃじょう》へ行こう……腹《はら》は減《へ》ってないかな？」

「パパが食べ物を山ほどつめこんでくれたの。何週間も生きられるくらいよ」

「さすが、イーグルスカウト（最高位《さいこうい》のボーイスカウト団員《だんいん》）だったわが婿《むこ》だ。ところで、このあいだ送ったサイトを見たかい？　植物油からジェット燃料《ねんりょう》を作るっていうやつ」

「うん、すごくおもしろかった！」

世界中で、わたしのことをいちばんわかってくれているのは、おじいちゃんだと思う。おじいちゃんは不動産屋《ふどうさんや》さんだけど、わたしと同じくらい数学や科学が好《す》きなの。先週は、新星についてのニュースを見るたびに携帯《けいたい》メールをやりとりしたし、おじいちゃんはここ何年も、インターネットで見つけたニュースサイトを電子メールで送ってくれていた。たとえば宇宙旅行《うちゅうりょこう》できるロボットの記事なんかを。ロボットたちは自分たちのコピーを次々に作れるんだって。銀河《ぎんが》全体が爆発《ばくはつ》するまで、何千年も！

ただ……おじいちゃんが本当に科学に夢中《むちゅう》になっているのかはわからない。わたしが科学好きだから、無理《むり》に関心《かんしん》をもつようにしているのかもしれない。

どっちにしろ、すばらしいことだ。

車に着くと、おじいちゃんはわたしの荷物をトランクに入れた。

「背《せ》もたれをたおして眠《ねむ》ったらどうだい？　バーナムに着いたら起こすから、アイスクリームを食べよう。ほかにもサプライズがあるんだよ」

「サプライズ？　なになに？」

「まだいえない」

「えー……アイスクリームの前にサプライズじゃだめ？」

おじいちゃんはクスクス笑《わら》った。「そいつはいい考えだ」

うれしい、おじいちゃんが笑った！

車は出発したけど、わたしは眠りたくなんかない。起きて話をしていたい。

とくにおばあちゃんのことを。

でも、おじいちゃんにとってはまだつらいかな。わたしだってまだつらい。三、四年生のころは、毎週二回はおばあちゃんに電話して、しゃべりたいだけしゃべっていた。なにがあっても、なにもなくても電話していた。こっちのしゃべることがなくなると、今度はおばあちゃんが庭の植物や虫や動物について、めずらしいことを話してくれた。おばあちゃんがほんのささいなことでもおもしろく話してくれたおかげで、わたしは今、こんなに科学が好《す》きになったんだと思う。

そんなわけで、おじいちゃんもわたしも、おばあちゃんがいなくなってさびしくてたまらない。でも、おじいちゃんの気持ちは、わたしとはだいぶちがうと思う。おばあちゃんと何十年もいっしょにいたんだもの。おじいちゃんに比《くら》べたら、わたしはおばあちゃんのことをなんにも知らなかったといっていい。

話をしたいのはやまやまだったけど、今朝五時半に起きたうえに、飛行機《ひこうき》では寝《ね》ないで映画《えいが》を観《み》ていたわたしは、高速道路を走るタイヤのかすかな音を聞いているうちに、意識《いしき》が飛《と》んでしまった。

「ここどこ?」

わたしは目をパチパチさせてあたりを見まわした。あ、そうだった。

バーナムへの道はニューハンプシャー州との境界《きょうかい》に近く、松《まつ》やカエデの木々におおわれた丘《おか》のあいだをくねくねと走っている。車は古い農家をいくつか通りすぎた。ほとんどが白い壁《かべ》で、緑や黒の雨戸がしまっている。リンゴの果樹園《かじゅえん》が二つ、それから石壁に囲《かこ》まれたトウモロコシ畑とカボチャ畑。イリノイ州の景色《けしき》とはだいぶちがう。

空気もちがう。八月の最後《さいご》の週なのに湿気《しっけ》が少なくてカラッとしてる。前におじいちゃんが、このあたりの土壌《どじょう》は岩が多くて、イリノイ州の土のように水分をためられないんだと説明《せつめい》してくれた。それがきっかけで、最終氷期における北アメリカの氷河《ひょうが》について、ふたりで調べたりしたんだ。

車がバーナムの町なかに入ると、おじいちゃんはいった。「目をつぶって。いいというまであけちゃやだめだよ」

それで、わたしは目をとじた。まるで誘拐《ゆうかい》されて目隠《めかく》しされているみたいって、想像《そうぞう》してみた――ほんとはそんな想像はよくないことだろうけど。だけど、おかげで目以外《いがい》の感覚《かんかく》がするどくなってきた。

車はまっすぐ進んでいる。ゆっくり三十数えたら止まった。信号《しんごう》かな？　いや……一時《いちじ》停止《ていし》の標識《ひょうしき》だ。前へ進んでは止まり、また進んでは止まっているから。すると、ウィンカーのカチカチいう音が聞こえた。

時速約《やく》五十キロで三十秒進んだ。五十キロは五万メートル。一分ならそれを六十で割《わ》るけれど、三十秒はその半分だから百二十で割って、約四百メートル。

こっそり左の靴下《くつした》にしのばせたスマホで警察《けいさつ》に電話して、そう伝《つた》えるの。そうすれば誘《ゆう》拐犯《かいはん》がどこにいるかわかるでしょ。わたしは無事《ぶじ》に助けだされる。

車は左へ曲がった。百十五数えたところでブレーキがかかり、止まった。またウィンカーの音がする。時速五十キロで約二分ということは、約千六百メートル。

すると、右へ大きく曲がり、ガタゴトいう音とタイヤのきしむ音がして、車は完全《かんぜん》に止まった。

「もういいよ――目をあけてごらん！」

目をあけてみると、草ぼうぼうの砂利《じゃり》敷《じ》きの駐車場《ちゅうしゃじょう》だった。すぐそこに、レンガ造《づく》りの長い建物《たてもの》がある。屋根に近いところに看板《かんばん》がかかっていて、うすくなったペンキ文字で〈バーナム工場〉と書いてある。

「先週、ここを全部買い取ったんだよ！　すごいだろ？」

おじいちゃんたら、新しいクラリネットを買ったベンみたいな声を出してる。

「うん、すっごいね！」と、すっごく大きな声でいった。だって、わたしに気に入ってほしいんだろうなと思ったから。

でも、スマホで写真を撮《と》りながら思ったのは、ゾンビ映画《えいが》を撮るのにぴったりなところだなってこと。それか、誘拐《ゆうかい》した女の子を隠《かく》しておくとか。

建物《たてもの》の一階の窓《まど》は板でふさがれていて、二階と三階の窓はほとんど割《わ》れている。レンガの壁《かべ》は落書きだらけだ。欠《か》けた御影石《みかげいし》の階段《かいだん》の上に灰色《はいいろ》の金属製《きんぞくせい》のドアがあり、さびた鎖《くさり》と南京錠《なんきんじょう》がかかっている。

「ここがほんとに気に入ってな！　ただ同然《どうぜん》だったんだよ。来年までには一階はおしゃれな小さい店でいっぱいになるだろうし、上の階はきれいなオフィスやら、川が見わたせるアパートになるよ。シカゴに帰る前に、いつか中を見せてやろう。だが今は、大通りへもどってアイスクリームだな」

おかしいけど、おじいちゃんがこんなことをするの、初《はじ》めて見た。ほかの人が不動産《ふどうさん》を売ったり買ったりするのを手伝《てつだ》うだけだと思ってた。もしおばあちゃんが生きてたら、こんなことに夢中《むちゅう》になっていたのだろうか？

これは科学的好奇心《かがくてきこうきしん》だよ、と心の中で思ったけど、ま、よけいなお世話よね。

海で遊んだり、モナドノック山に登ったり、午前中はボストンを歩きまわり、午後には科学博物館《かがくはくぶつかん》へ行ったりする日々を過《す》ごした。

おじいちゃんはすっかり元のおじいちゃんにもどって、わたしは本当にうれしい。あんまりふたりでいろいろ歩きまわったので、夏休みなのに休みがほしいくらいになった。

シカゴへ帰る前日の夕方、わたしたちは、おじいちゃんが買った古い建物《たてもの》の玄関《げんかん》の階段《かいだん》をのぼっていた。おじいちゃんは中を見せたくてたまらないんだ。

「ほら――これをかぶって」

わたされたのは、ヘッドランプのついたオレンジ色のヘルメット。

「中は真っ暗なの？」

科学的《かがくてき》にいえば、真っ暗なはずはない。実際《じっさい》は外の光が入っているし。真っ暗というのは光がない状態《じょうたい》だけど、それでも気が進まない。

「どこもかしこも暗いわけじゃない――窓《まど》に板が打ちつけてあるところだけだ。それと階段。それと地下室」

おじいちゃんはひもに通したカギを十個《こ》くらい持っていて、ドアの南京錠《なんきんじょう》をあけるのに、いくつかためしている。

「この工場は一八四九年に建《た》てられたんだよ。裏《うら》にはケプショー川が流れているだろう？　その水が大きな水車を回して動力を生みだしていたんだ。最初《さいしょ》はじゅうたん工場、つぎにウールの毛布《もうふ》工場、綿織物《めんおりもの》工場、靴《くつ》工場となって、最後は洋服の縫製《ほうせい》工場になった。一九四六年に閉鎖《へいさ》されるまでね。そのあとは印刷屋《いんさつや》とか小さな事業所とか、芸術家《げいじゅつか》が借《か》りていたけれど、ここ十五年ばかりは空き家だったんだ――だからあんなに安かったのさ！」

建物《たてもの》の外だけをながめていたいなと思っていたのに、おじいちゃんはカギをあけちゃった。わたしはキャンバス地の手《て》さげ袋《ぶくろ》をわたされた。

「これ、なにするの？」

「おもしろそうなものを見つけたときのためにね。好《す》きなものをなんでも持っていっていいよ」

「ほんと？　なんでも？」

「ああ――おじいちゃんがこの建物のなにもかもを所有しているんだからな」

わたしはおじいちゃんについて、中へ入った。スマホを懐中電灯《かいちゅうでんとう》がわりにしたり、カメラがわりにしたりした。すると、おじいちゃんが中を見せたがったわけがすぐにわかった。まるで宝探《たからさが》し。この工場は宝の山だ。おじいちゃんはわたしがいろんなものを探すのが好《す》きなことを、よく知ってるのだ。
最初《さいしょ》に見つけたのは、がっしりした真鍮《しんちゅう》のドアノブ。工場の事務室《じむしつ》の床《ゆか》に転がってい
た。それから、木のボビンが二つ。それぞれに赤と緑の糸が巻《ま》かれている。さらに巨大《きょだい》な
ハサミ、裁縫針《さいほうばり》の入ったブリキの箱、二キロくらいある鉄の歯車、古めかしい万年筆二
本、銀の指ぬき、真鍮のカギが九本ついたキーホルダー、大きなハンマー、鼻の上にのせ
る時代物のメガネ、などが見つかった。まだ始めたばかりだと思っていたけど、もう一時
間もたっていた。おじいちゃんのお気に入りのシーフードレストランに夕食の予約《よやく》をして
いたので、時間切れになるまで、建物《たてもの》全体を見てみようと思った。
五時すぎに三階へのぼると、日差《ひざ》しが入って明るく、こわれた窓《まど》からスズメやハトが出
たり入ったりしていた。ここにはたいしたものはない。床に固定《こてい》された大きな木のテーブ
ルが二十台ほど。窓際《まどぎわ》にはさびついたミシンが数台。なにか踏《ふ》んだと思ったら、鳥のフン
だった。
遠くの壁《かべ》のドアを指さして、わたしはいった。「あのドアの向こうはなに?」
「見てみよう」
ドアにはカギがかかっていたので、おじいちゃんはカギの束《たば》を取りだし、五回めで正し

いカギを当てた。

わたしはヘッドランプをつけてドアをあけた。小さな物置《ものおき》だった。木の棚《たな》には三十センチ四方の段《だん》ボール箱《ばこ》がぎっしり置《お》かれている。ほこりとクモの巣《す》を払《はら》って、段ボールをひと箱かかえ、大きな明るい部屋へ置いた。重かった。封《ふう》をしていた紙テープは簡単《かんたん》にはがれた。中に入っていたのは……ボタンだった。暗い灰色《はいいろ》のふつうのボタンで、十セント硬《こう》貨《か》より少し小さい。手をつっこんで奥《おく》のボタンをつかみ、手を広げてみると、上にあるのと同じボタンだった。

別《べつ》の段ボール箱を取りだしてあける。さらに別の箱――全部同じだった。

「灰色のボタンばかりだな――三十箱くらいはあるぞ！」と、おじいちゃん。

「これ、少しもらってもいい？」

「もちろん、好《す》きなのを持っていけばいい」

そこで、ボタンをふたつかみ袋《ぶくろ》に入れたところで手を止めた。

「あのね、おじいちゃん、このボタン、全部ほしいんだけど」

おじいちゃんは棚を指さした。「ここにあるのを、全部か？」

「そうなの」

「こんなにたくさんのボタンを、どうしようっていうんだ？」

「わかんないけど、とにかくほしいの。いいかな？」

おじいちゃんは笑《わら》いだした。

「ああ、いいとも。全部あげるよ！」

それから、また棚《たな》に目をやって考えこんだ。

「送るのに一週間かそこらかかるかもしれないが、一台のパレット（荷台）に全部のるだろう。たったひとりの孫娘《まごむすめ》のためだものな、おじいちゃん、がんばっちゃうぞ！　荷物がイリノイに着いたときの、おまえのママの顔が見てみたいよ！」

このボタンを手に入れるということは、わたしにとってべつにおかしなことじゃない。おじいちゃんもそれはわかってる。ママが理解《りかい》してくれるってことも、おじいちゃんはわかってる。わたしがガレージセールを見つけるたびに、ママは車を止めてくれるんだもの。おばあちゃんならなんていうかな？　きっと手をたたいて、完璧《かんぺき》！　っていってくれるよ。

おじいちゃんは前にわたしの部屋を見たことがあって、机《つくえ》の引きだしが物でいっぱいなことを知ってる。タンスの上や本棚の上、窓《まど》の台もいっぱい。床《ゆか》はもちろん、部屋じゅうの平らな面は物でいっぱいなのだ。鳥の羽根、どんぐり、旧式《きゅうしき》の電卓《でんたく》、貝殻《かいがら》、トロルの人形、おもちゃの宝石《ほうせき》、岩や石、カギ、マーカー、ペン、硬貨《こうか》、松《まつ》ぼっくり、クリップ、誕《たん》生日《じょうび》ケーキのろうそく、今までにもらったカードや手紙、古い映画《えいが》のチケット、ビー玉、くぎ、などなど。それらはまだ小さいほう。

ほかに、大きなスノードームが七つ、紺色《こんいろ》のガラスびんが九つ、一九四一年の地球儀《ちきゅうぎ》、革《かわ》のケースに入った計算尺《けいさんじゃく》、ビニール盤《ばん》レコードの入ったプラスチックケースが三つ、グラグラするピアノいす、動物のぬいぐるみが二十個以上《こいじょう》――ほとんどがネコと犬とペンギン。もちろん、ペーパーバックの本とまんが本も数えきれないほど。それに、ブリタニカ百科事典《ひゃっかじてん》が三セットあって、大きなひじかけいすの形に積《つ》みあげている。

どうしてこんなにたくさんのものを集めるのか、ちゃんと理由はあるんだけど、今は考えたくない。

ふだんはあらゆることについて、少なくとも五、六個の積極的《せっきょくてき》な理論《りろん》が、頭の中にうずまいている。自分の知らないことに出会ったら、なんとか説明《せつめい》できるように考えて、その理論が正しいかどうか検証《りんしょう》するための事実を追究する。これはわたしが発明したやり方ってわけではない。科学的方法《ほうほう》と呼《よ》ばれているものだ。

だけど、物置《ものおき》いっぱいのボタンがほしいっていうのはどうなの？　自分の部屋を埋《う》めつくすものがなぜそんなに大事なのか、その理論《りろん》を見直したほうがいいのかも。

とはいえ、おじいちゃんにうそはついていない。どうしてボタンが全部ほしいのか、自分でも本当にわからないの。ただほしいだけ。こんな機会《きかい》を見のがしちゃいけないって気持ち。三セットめのブリタニカ百科事典《ひゃっかじてん》を見つけたときみたいな。

おじいちゃんもわかってくれた。まだクスクス笑《わら》いながら、首をふっている。

わたしはおじいちゃんの顔をのぞきこんだ。「お願《ねが》いしたいことがあるの」

おじいちゃんはティッシュで目をぬぐった。「なんだい？」

「うちに帰ったら、ママとパパとベンに、おじいちゃんがこの建物《たてもの》を買ったことを話すけど、ボタンのことは、荷物が着くまで秘密《ひみつ》にしとく。だからおじいちゃんも、まだいわないでくれる？」

「ああ、いいよ――そのほうがいい！」

おじいちゃんはまた笑った。

おじいちゃんはたぶん、荷物がイリノイに着くまで、わたしがボタンのことをだれにもいわないつもりだと思ってるだろう。でも、それはちょっとちがう。

六日後、新学年が始まる最初《さいしょ》の日に、あの子にしゃべるつもりなんだもの。

2　エリー効果《こうか》

夏じゅうエリーに会わなかったのは不思議《ふしぎ》なことだ。二か月半も、メールも電話もしなかった。でももう慣《な》れた。エリーの家族はコロラド州に別荘《べっそう》を持ってるし、旅行にもよく行くから――世界中に。

エリーにはコロラド州に別《べつ》の親友がいるんじゃないかって思うときもある。スペアタイヤみたいなね。それから、毎年六月になるころには、お互《たが》い離《はな》ればなれになって、音信不通《おんしんふつう》の長い夏が必要《ひつよう》になっているのかもしれないって、思うときもある。

でも、新学年の初日《しょにち》の今日、美術室《びじゅつしつ》の外の廊下《ろうか》でエリーを見つけ、エリーもこっちを向いた。そのとたん、磁石《じしゃく》が吸《す》いつくみたいに、ガシッとハグしあった。

わたしはさっそくしゃべりだした。エリー相手だと、とにかく最初《さいしょ》にしゃべりだすことが重要《じゅうよう》なの。

「ねえ、聞いて！　八月の終わりにさ、ひとりで飛行機《ひこうき》に乗って、ボストンのおじいちゃんちに行ったんだ。おじいちゃん、すごく古い建物《たてもの》を買ったの。それでね――」

エリーはわたしの腕《うで》をつかんだ。「それで思いだした！」

まあこんな感じ。わたしの話はここまでってこと。

「コロラドのアスペンにね、すごく古い西部風の雑貨屋《ざっかや》があって、アクセサリーも売ってるの。それが本物の金塊《きんかい》で作ってあるのよ、びっくりでしょ！　このブレスレット見て。すごくない？　これ、今日あたしがつけてきたって知ったら、うちのママ死んじゃうわ、だけど絶対《ぜったい》グレースに見せたかったの！　それとこのスニーカー見て。どこで買ったかわかる？　パリ！　おばあちゃんがあたしと妹を、いろんなお気に入りのお店に連《つ》れていってくれて、もうすばらしかった！　豪華《ごうか》なものを買ってもらって――そうだ、今度泊《と》まりにきてよ！　コロラドにもどる前に、ロンドンに六日間滞在《たいざい》して、ハロッズっていう超《ちょう》すごいデパートに行って、このかわいい……」

エリーはそれから三分間話しつづけた。エリーの話はおもしろくてかっこよくて魅力的《みりょくてき》でドキドキする――いいかえれば、エリーは最高《さいこう》。でも、話が終わるころには、わたしはほこりだらけのすばらしいボタンの箱のことや、床《ゆか》がかわいい鳥のフンでいっぱいの、崩《くず》れかけた豪華な建物のことなんて、話す気がなくなっていた。

エリー効果《こうか》を思いだしたのはそのときだった。夏になるといつもこのことを忘《わす》れてしまい、毎年同じ疑問《ぎもん》をくり返してる。〈もしエリー・エマソンがわたしの親友なら、どうしてこんなにイライラさせられるの？〉

小学校二年生のときからずっと考えてるけど、科学的説明《かがくてきせつめい》はまだうかばない。

それで、新学年になると、エリー効果についてまた考えることになるのだ。

いつかママがいった。〈こんなことわざがあるの。『反対のものはひかれあう』って。あなたとエリーはちょうどそれなんじゃない？〉

いろいろな点で、この理論《りろん》はわたしの胸《むね》にストンと落ちた。

わたしは着るものにあまり関心《かんしん》がない。エリーはすごく関心がある。

わたしは算数と理科が好《す》き。エリーはきらい。

わたしはハイキングやキャンプなど、外で活動するのが好き。エリーは室内でしゃべったり、ショッピングに行ったりするのがなにより大好き。ほんというと、わたしといっしょにいるとエリーがすごく楽しそうだから、ショッピングモールに一日じゅう付《つ》きあってあげるの。エリーが楽しいと、わたしもうれしくなるから。ときどきだけどね。

それに、パリで買ってきたっていうスニーカーは、ほんとにかわいいと認《みと》めないわけにはいかない。

ふたりが似《に》ているところといえば、ふたりとも美人だってこと。わたしはそうなるように努力《どりょく》してるわけじゃないけど、エリーは努力してる。

そんなことを——自分が美人だと思うなんてことを、声に出していったとしたら、なんてうぬぼれたやつだって思われちゃう。でも、うぬぼれじゃないの。科学が定義《ていぎ》づけられないことについても、科学的《かがくてき》でありたいだけ。美人の定義なんて、人によってさまざまにちがいない。たしかなことはこう。エリーは自分が美人だってことを肯定《こうてい》してるし、グレースも美人だよって、ずっといいつづけてくれている、ということ。

でも、もしエリーがグレースなんか美人じゃない、親友でもないなんて思ったら？　そんなのいやだ。そんな理論《りろん》は証明《しょうめい》したくない。

予鈴《よれい》が鳴った。ホームルームの教室へ歩いていきながら、わたしはもう何百回も思ったことをまた思いだした。エリー・エマソンは親友だけど、エリーの意見が世界を支配《しはい》してるわけじゃないって。

そんなふうに感じるだけだって。

3　ぐちゃぐちゃ

つぎの二日間はとてもいそがしかった。新学年が始まるときのこまごましたことのほかに、先生が三人も新しくなったし（アメリカでは高学年になると教科ごとに先生がかわることが多い）、宿題が山ほど出たし、去年はクラス替《が》えはなかったけど、今年はあったのでそれにも慣《な》れなくちゃいけなかったし。

エリーとはホームルームが同じで、理科と算数以外《いがい》は同じクラス。昼食もいっしょに食べるから、会う時間はたくさんある。

だけど、おじいちゃんの家に行ったことは話していない。ていうか、あそこで見つけたもののことはね。とくにボタンのことは。

この二年間、お泊《と》まり会《かい》はエリーの家でしかやっていないけど、そんなの全然《ぜんぜん》気にしないって、自分にいいきかせた。エリーがうちに泊まりにきたことはない。一回も。

エリーがなにをどう思おうと、わたしが気にすることはないって、ずっと自分にいいきかせてる。

でも、ほんとはちがうんだ。科学的証拠《かがくてきしょうこ》に目をつぶってるの。

なんでそんなことといえるのかって？

木曜日の午後のこと、スクールバスからおりたとき、うちの玄関前《げんかんまえ》になにが置《お》いてあったと思う？　木製《もくせい》の四角いパレットという荷台に、ボタンがつまった段《だん》ボール箱《ばこ》が二十七箱ものってたの。

それ見てうれしかったと思う？　わくわくしたと思う？

ちがったの。わたしって、ばかじゃない？　って思った。

このボタン全部と、むらさきとオレンジのスニーカー一足を、すぐにでも取《と》り換《か》えたかった。

パリのやつね。

台所のドアの内側《うちがわ》に、ママが書いたメモが貼《は》ってあった――ステイプルズ（事務用品《じむようひん》を扱《あつか》う大型店《おおがたてん》）に行ってきます、だって。ベンはバンドの練習が終わるまで帰らない。

そこでわたしはハサミを持って玄関の外へ出ると、パレットをおおっているビニール包《ほう》装《そう》を切った。そして段ボール箱を一つひとつかかえて、自分の部屋へ運びこみ、最後《さいご》に空のパレットをガレージの横へ引きずっていって、リサイクルごみの入れ物に立てかけた。

汗《あせ》だくで疲《つか》れてほこりだらけ。

わたし、なんでこんなことしてるんだろう？

おじいちゃんと工場にいたときには、このボタン、絶対《ぜったい》に全部ほしいって思ったんだけど、今は？

そうでもない。

二十四箱はベッドの下に入った。古くて幅広《はばひろ》の真鍮《しんちゅう》のベッドで、ほこりよけのカバーがついている。

残《のこ》りの三箱はクローゼットの奥《おく》に押《お》しこんだ。これで全部しまいこんだけど、しっかり隠《かく》してたわけじゃない。

当然《とうぜん》、おやすみをいいにきたママに見つかった。

「これ、なにが入ってるの？」

「ボタン。小さくて灰色《はいいろ》のボタン。おじいちゃんが買った古い建物《たてもの》の中で見つけて、全部くれるって、おじいちゃんが」

「それはそれは、ありがたいこと」

ママは頭にきても顔には出さないんだ。

どうしてなのか、理由はわかるよ。

わたしは八歳《さい》のとき、裏庭《うらにわ》にある三本の大きなオークの木から落ちたどんぐりを、全部集めようと思った。バケツに何杯分《なんばいぶん》も拾って、自分の部屋の大きな青いプラスチックケースに入れる。ケースがいっぱいになっても、庭にはまだどんぐりはたくさんあった。ケースの中にどんぐりが何個《なんこ》くらいあるのか、ママに手伝《てつだ》ってもらって数えたら、一万一千個以上《いじょう》あった！　それから、インターネットで調べると、一本の大きなオークの木には、一万個ものどんぐりがなるとわかった。ということは、庭にはまだ二万個近いどんぐりが転がっていることになる！　インターネットでほかにもわかったことは、シカやカラスや野生の七面鳥、シマリス、アオカケス、リスなどがどんぐりをよく食べるということ。そのことを知って、わたしはどんぐり集めをやめた。だけど、どんぐりのつまった大きなケースは、それから一年近く部屋のすみに置《お》いていた。そのうち、二階じゅうがくさった葉っぱのようなにおいでいっぱいになってきたので、どんぐりは捨《す》てられた。

そんなわけだから、ママはたぶんこのボタンだって、そのうちなくなると思ったんだろう。

六年生になって最初《さいしょ》の一週間は飛《と》ぶように過《す》ぎ、ボタンのことはすっかり忘《わす》れていた――ベッドに入るときに足の親指を箱にぶつけたとき以外《いがい》は。しかも二回。

二週間めの月曜日の午前、社会のケイシー先生がいった。

「第一単元《だいたんげん》に入りましょう。アメリカの産業革命《さんぎょうかくめい》です」

そして、教室の前のホワイトボードに白黒の絵を描《か》き、その下に説明《せつめい》を書いた。

ブート綿織物《めんおりもの》工場　マサチューセッツ州ローウェル　一八五二年

低《ひく》くて細長い建物《たてもの》を見て、わたしは無意識《むいしき》に手を上げた。

「はい、グレース？」

「夏休みにマサチューセッツ州の古い工場の中に入りました。写真も撮《と》って、中で見つけたものをいくつか持って帰ってきました」

「すばらしい！　あした、少し持ってきて、クラスのみんなに見せてもらえないかしら？」

もちろん……そんなこといやです。

といいたかったんだけど、いえるわけもなく。

だからこういった。「はい」

「よかった――ありがとう！」

ケイシー先生はホワイトボードに向かった。

「この絵は、メリマック川沿《ぞ》いに建《た》つたいへん大きな工場です。今日の宿題で読んできてほしいのは……」

わたしは聞くのをやめた。顔が熱《あつ》い。時間を一分巻《ま》きもどして、削除《さくじょ》したい。

だって、工場から持って帰ってきたものって、あの日の午後、おじいちゃんと考古学者みたいに探《さぐ》りまわって見つけたものだもの。

パパとママとベンに、工場のことや中の物のことを話すのは楽しかった。わたしがどんなにフリーマーケットやガレージセールや古めかしいアンティークショップが好《す》きか、家族は知ってるから。

それに、わたしの部屋にはあらゆるものがつめこんであることも、家族はよくわかってる。友だちの中には、手帳や日記を取っておいたり、パソコンにスクラップブックを作ったり、自撮《じど》り写真を保存《ほぞん》したりする子はいる。わたしはというと、とにかくなんでも取っておきたいの。わたしの部屋は、今までの人生の博物館《はくぶつかん》ね。そういう理論《りろん》で物集めをしてるわけ。

この理論を裏付《うらづ》ける証拠《しょうこ》もある。

タンスの上の電気スタンドの横にあるなめらかな灰色《はいいろ》の石は、初《はじ》めて家族でウィスコンシン州へキャンプに行ったときの、湖の朝霧《あさぎり》を思いださせてくれるもの。石のとなりにある曲がった小枝《こえだ》は、幼稚園《ようちえん》のとき園庭で見つけて、笑《わら》った顔に見えるから取っておいたもの。コーラのびんのふたは、エリーの家に初めて泊《と》まりにいったときに、生まれて初めて炭酸飲料《たんさんいんりょう》を飲んだ記念《きねん》。

わたしの部屋にあるもののほとんどは、わたしの人生の特別《とくべつ》な時とつながっているのだ。

それはわたしだけのプライベートなもの。

とはいえ、もう時間は止められない。工場での楽しい思い出は、あした社会の授業《じゅぎょう》でぐしゃっとつぶされ、ぐちゃぐちゃにされるんだ。

ぐちゃぐちゃだなんて、科学的《かがくてき》には適切《てきせつ》な言葉じゃないかも。それでも〈ぐちゃぐちゃにされる〉って、ぴったりな表現《ひょうげん》だ。

一つだけいいことは、みんなや先生にとっては、工場から持ってきたわたしのものは、まとまりのない歴史的《れきしてき》な品物に見えるだけだろうということ。

ああ、それでもいやだな、夏休みの思い出をクラスじゅうのみんなにじろじろ見られるなんて。それに、ケチをつけられるかもしれないし。

とくにエリーに。

4　大発見

その日、社会の授業《じゅぎょう》のあとカフェテリアへ歩いていたとき、エリーがいった。

「マサチューセッツへ旅行したこと、どうして話してくれなかったの？　おじいちゃんに会いにいったの？　去年の夏は、おばあちゃんのお葬式《そうしき》で行かなかった？」

旅行のことはエリーにまだ話してなかった。ほんとは学校が始まった最初《さいしょ》の日に話しかけたんだけどね。そのことは全然《ぜんぜん》覚《おぼ》えてないみたい。

話そうと思ったところへテイラーがやってきて、昼ごはんに突入《とつにゅう》。そのあとは、もうずっとエリーは旅行のことを口に出さなかった。

エリーって、ほんとに旅行のことを知りたいの？

どうでもいいと思ってない？

たぶん、旅行のこと、ほかのだれかに話したの？　って聞きたいんじゃないかな。エリーは仲間《なかま》はずれにされることが大きらいだから。

もしもーし！　そんなのだれだっていやだよ。


その夜おそく、わたしはケイシー先生の学校用メールアドレスに、スマホから写真を六枚《まい》送った。

あしたホワイトボードに映《うつ》す写真を選《えら》ぶのは簡単《かんたん》だった。工場の建物《たてもの》とうしろを流れる川。地下室にある巨大《きょだい》な歯車と駆動軸《くどうじく》。小さく仕切られ、作りつけの机《つくえ》のある工場の事務《じむ》室《しつ》。それから、ミシンやテーブルで大人たちが働《はたら》いていただだっ広い部屋の写真を何枚か。

でも、工場で撮《と》ったおじいちゃんやわたしの写真は入れなかった。

それはプライベートだから。

そのあと、工場で見つけたものを、おじいちゃんがくれたキャンバス地の手《て》さげ袋《ぶくろ》につめこんだ。ボタン以外《いがい》のものを。

工場でふたつかみばかりのボタンを袋に入れたけど、それは今、タンスの上の青いガラスのびんに入れてある。これを見つけたいきさつを忘《わす》れないためにね。おじいちゃんと見つけたボタン。このボタンは、パレットにのせられてやってきたボタンとはちがうし、みんなに見せるものじゃない。

でもこのたくさんのボタン、ひとり占《じ》めしてていいのかな。段《だん》ボール箱《ばこ》をひと箱引きずりだしてみる。そしてまたしまった……ボタンなんか見せたら、クラスじゅう大さわぎになっちゃうよ。

台所でヨーグルトを食べていたとき、ボタンは、あの建物《たてもの》の最終章《さいしゅうしょう》をかざる縫製《ほうせい》工場としての歴史《れきし》の一部だ、と決心した。よし、クローゼットに押《お》しこんだ箱のいちばん上をあけよう。

そこで、ジッパーのついたビニール袋《ぶくろ》を一枚《まい》用意した。クローゼットをあけ、洋服をはしへ押しやると、段ボール箱のテープをはがし、ふたをあけて、小さな灰色《はいいろ》のボタンをひとつかみ、ビニール袋に入れた。

ところが、ボタンは灰色でも小さくもなく――明るい黄色で、直径《ちょっけい》二センチ以上《いじょう》あった！

理由はすぐに思いついた。工場では、ボタンは色別《いろべつ》に分けられていたのだろう。最初《さいしょ》にあけた三箱は、灰色《はいいろ》のグループだったんだ！

それから三十分かけて、すべての段《だん》ボール箱《ばこ》を引っぱりだしてふたをあけ、ラベルを貼《は》りつけた。やっぱりわたしの理論《りろん》は正しかった。ボタンは小さな灰色《はいいろ》ばかりではなく、赤、緑、ピンク、うすむらさき、黄色、黒、茶色、琥珀色《こはくいろ》、青、白があり、大きさも二・五センチ以上《いじょう》あるものから、エンドウ豆よりも小さいものまでさまざまだ。

いちばんの大発見だったのは、分類《ぶんるい》されてないボタンが三箱あるとわかったこと。あまったボタンとか、不《ふ》ぞろいのボタンとか、かざりボタンとか、ありとあらゆるボタンが入っていたのだ！　材質《ざいしつ》はガラス製《せい》、貝殻《かいがら》、真鍮《しんちゅう》、木製、プラスチック、ピューター（スズや銅《どう》などの合金）、革《かわ》、ほかにもわからない材質のものがある。わたしはダイヤモンドや真珠《しんじゅ》やバラやヒナギクのようなボタンをビニール袋《ぶくろ》に入れた。それからハート形、三角形、四角形、星形、犬、馬、ネコ、チョウ、雪の結晶《けっしょう》などなど、たくさん！

この三箱分のボタンを全部床《ゆか》にぶちまけて、形、大きさ、色、デザイン、材質で分類し、数も数えたい！　その情報《じょうほう》をグラフか表にすれば、データの可視化《かしか》ができる！　だけど、今はボタン専門家《せんもんか》になるときではない。とりあえず、社会の準備《じゅんび》をするだけだ。

あしたの授業《じゅぎょう》の。

5　発表

火曜日の午前、社会の時間に、わたしはケイシー先生が教室の前方に移動《いどう》させたテーブルの上に、持ってきたものを並《なら》べた。ボビン、万年筆、歯車、ドアノブ、ハサミ、ハンマー、指ぬき、裁縫針《さいほうばり》、時代物のメガネ。それから、ビニール袋《ぶくろ》に入った色とりどりのボタンを、テーブルの片《かた》すみに注意深くあけた。まるで博物館《はくぶつかん》の展示《てんじ》か、アンティークショップのようだ。

またはわたしの部屋のよう。

そのあと、一分くらいみんなの前で発表した。おじいちゃんが教えてくれた工場の歴史《れきし》や、このテーブルにのっているものが、どんな時代になんの工場で使われていたものかという話をした。

ケイシー先生が、みんなに前へ来るようにいった。みんながぞろぞろ集まってくるあいだ、先生がハサミを手に取った。

とたんにおなかがきゅんと縮《ちぢ》こまった。顔をしかめていたかもしれない。これから先、このハサミを見るたびに、二つのことを思いだすことになるからだ。おじいちゃんとの楽しい午後のこと、そして、ケイシー先生のピンクのマニキュアのこと。

先生は長いハサミを開いたりとじたりしている。そのたびにシュッシュッという金属音《きんぞくおん》が響《ひび》き、パチンというするどい音で終わった。

「仕立《した》て職人《しょくにん》はウールや木綿《もめん》の布《ぬの》を何枚《なんまい》も重ねて切っていたんでしょうね。こんなに大きな裁《た》ちバサミは見たことがないわ！」

ケイシー先生に続《つづ》いて、みんなが並《なら》べたものにさわったり、目を近づけて見たりし始めた。こうなることを恐《おそ》れていたのだ。でもなんにもいわなかった。こんな場合、みんなそうしたくなるに決まってるもの。

本当に驚《おどろ》いたのはそれから。みんながボタンに夢中《むちゅう》になりだしたのだ。

「トマトの形のボタンがあるぞ」

「これには船がついてる！」

「このボタン、すごく明るい黄色ね――これほしい！」

「ヒトデ……野球のボールもある！」

「このワシのついた金色のやつ、陸軍《りくぐん》の制服《せいふく》のボタンじゃない？」

「うわああ――ダイヤモンドだ！」

色とりどりのキラキラ光るボタンが山もりになっているようすは、まるで宝箱《たからばこ》からこぼれだした宝石《ほうせき》みたい。

みんながワイワイやっていると、ケイシー先生がいった。

「見せてくれてありがとう、グレース。さあ、みんな席《せき》にもどって。宿題のノートを出して」

バーナム工場の発表はこれでおしまい。

わたしは並《なら》べたものをかたづけ始めた。あと十五分で昼休み。さっきの発表なんて、まるでなかったかのようだ。ふう、ほっとした。


それが、もう一回驚《おどろ》くことになった。三十分後、カフェテリアでのこと。

テイラーがいった。「今ボタン持ってる？　もう一度見せてくれない？」

テーブルの向こうのはしから、ハンクがかん高い声を出した。「ぼくにも！」

そこでわたしは、リュックからビニール袋《ぶくろ》を取りだし、空のトレイにボタンをあけた。

トレイをテーブルの中央にすべらせると、みんなが身を乗りだして、のぞきこんだりさわったりした――エリー以外《いがい》のみんなが。

エリーはトレイをちらっと見ていった。「うちのママは、裁縫《さいほう》や編《あ》み物《もの》やキルト作りをずっとしてたし、両方のおばあちゃんもそう。だから、ボタンなら引きだしいっぱいあるわよ。それよりもっともっとたくさん」

テイラーがいった。「うちにもボタンはあるけど、こっちのほうがずっとすてき!」

ブルックもいった。「うちにもボタン、少しはあるよ」

「ねえねえ、いいこと考えた」と、エリー。「あしたみんなでボタンを持《も》ち寄《よ》らない?お昼休みに見せあいっこしようよ」

まさに今、わたしはこういえる。〈みんながどんなにたくさんボタンを持っているとしても、わたしの持ってる数にはかなわないからね!〉

でも、なんにもいわなかった。テーブルにいたみんなは口々に、「うん」とか「ボタン、あると思う」とか「楽しみ!」とか「あたしも入れて!」とかいっている。

もしこの提案《ていあん》をしたのがわたしだったとしたら、みんなはどんな反応《はんのう》だったろう?くだらないって思ったんじゃないかな――とくにエリーは。

今日二回めのボタンかたづけをしながら、エリーがどうしてあんなことをいったのか考えていた。エリーはなんにしても、いちばんいいものをいちばんたくさん持っていたいのだ。ふだんはそんなことにあんまりこだわらないんだけど。

でも、そんなふうにふるまったこともあった。

エリーがどうして、このテーブルのみんなに、あしたボタンを持ってきてといったのか、わたしにはよくわかった。エリーはこの世でいちばんすばらしく美しいボタンを、だれよりもたくさん持っていると確信《かくしん》しているからだ。そのことをみんなに示《しめ》したいんだ。

だけどもちろん、エリーのボタンはいちばんすばらしく、いちばん美しく、いちばんたくさんではない。

それを持っているのはたぶん……わたし。

こんな経験《けいけん》、生まれて初《はじ》めてだ。

午後の授業中《じゅぎょうちゅう》、わたしはこのことをずっと考えていた。夕食後、宿題をしていたときにも、エリーとボタンのことが頭から離《はな》れなかった。

そこで寝《ね》る前に、ジッパーつきビニール袋《ぶくろ》にボタンをつめ始めた。なるべくすてきなもの、めずらしいものを、とにかくたくさんつめた。

八袋《ふくろ》でストップ。これくらいあればいいや。

あしたの昼休み、エリーが得意《とくい》げに自慢《じまん》しようとしたら、カウンターパンチを食《く》らうことになるよ。

わたしから。

6　奇妙《きみょう》な銀河《ぎんが》

水曜日の二時間め、ハンクが耳うちしてきた。まただ。

よく聞き取れなかったので、とにかくうなずいた。また。

今、講堂《こうどう》の最前列《さいぜんれつ》にすわっている。わたしは体をひねってうしろを向き、ぞろぞろと集会に集まってくる六年生たちを見ている。ハンクはじゃましないでほしい。わたしはいそがしいの、ボタンを数えるのに。暗算で合計も出しているし。

……三百四十一……三百四十九……三百五十二……三百五十五……。

よく見えないときには、だいたいの数を見積《みつ》もるしかない。

長そでシャツ――八

カーディガン、半そでシャツ――六

ポロシャツ――三

長ズボン、半ズボン――一か二
スカート――一
T《ティー》シャツ、トレーナー、ジャージのズボン――ゼロ

ハンクがひじでつついてきた。

「ラング先生が見てるよ――あ、来た！」

今度は聞こえたけど、数えつづけた。

「グレース！　前を向きなさい！　友だちを探《さが》すのはあとにして」

わたしはぼそぼそと「三百六十三」というと、座席《ざせき》にすわりなおした。

そして、ラング先生を見あげた。「すみません……友だちを探していたわけじゃないんです。データを集めていたんです」

先生は顔をしかめて首をふった。「まっすぐ前を見る。集会の決まりですよ」

集会のときの先生たちって、ご苦労《くろう》さまっていつも思うの。校長先生やほかの先生たちに、自分のクラスの生徒《せいと》がどんなにお行儀《ぎょうぎ》がいいか、見せようとしてるみたいなんだもの。

ま、一つの意見だけどね。

ラング先生は曲げたひじでクリップボードをはさんで歩いている。服装《ふくそう》は、ズボン、えりつきのシャツ、カーディガン——少なくともボタンは十五個《こ》。

またうしろを向いてボタン数えをしたかったけど、できなかった。まだ新学年が始まってまもないのに、ラング先生ににらまれたらたいへんだから。クラス担任《たんにん》だし、算数と理科の担当でもある。でも、もともとやさしい先生じゃないかも。それならおんなじことじゃない？

これもまた一つのおもしろい意見だけど、ためしてみることはできない——今日は。

そのかわり、ラング先生に中断《ちゅうだん》されるまでに、どのくらいの六年生が講堂《こうどう》に入ってきたか、見積《みつ》もることにした……だいたい三分の二かな。

三分の二の生徒《せいと》が約《やく》三百六十個のボタンを身につけているということは、残《のこ》りの三分の一はその半分の百八十個。つまり、今日、六年生は五百四十個のボタンを身につけているということになる。おおよそね。

もちろん、その数は今みんなが身につけているものだけだ。家にはほかの服もあって、ボタンはもっとたくさんある。タンスの引きだしにはシャツ、ズボン、ジーンズ、短パンが入っているし、クローゼットのハンガーやフックには、スカートやそのほかの服がかかっている。コートやジャケットやレインコートにもボタンはついている。

六年生全員分のボタンを科学的《かがくてき》に数えるためには、みんなに、家にある服を調べ、すべてのボタンを数え、書いた紙をわたしに提出《ていしゅつ》してくださいとたのまなければならない。

そんなことできっこない。

なのに、どうして急にボタン数えなんか始めたのかって？　答えは簡単《かんたん》。この集会のあと、昼休みに起こるだろうことから気持ちをそらそうとしてるだけ。

いつもは早起きなんかしないんだけど、今朝は六時十五分に、汗《あせ》びっしょりになって起きあがった。スノーボードで山をすべる夢《ゆめ》を見たんだけど、上から雪崩《なだれ》がおそってきた、と思ったら雪が見あげるようなボタンの大波に変《か》わり、その波に飲みこまれて埋《う》まってしまうの。

はっきり目が覚《さ》めると、昼休みのことが心配になってきた。

ボタンのこと。

エリー効果《こうか》のこと。

頭はぐるぐる回りつづけてる。それで、今日学校に来ている生徒《せいと》の服にはボタンが何個《なんこ》ついているんだろうって、気になり始めたの。先生のも。学校の外では、家や職場《しょくば》にいる生徒《せいと》の両親の服にもボタンがついてるし、町じゅうのほかの人の服にもついてる。この州、この国、この大陸《たいりく》、この北半球、この地球の人々の服にはボタンが！

それから、世界中のお墓《はか》に埋《う》められている死体の服はどうだろう？　ぞぞぞ……でもたしかにある。それを加《くわ》えれば、もう数えきれないほどのボタン！

頭がくらくらしてきたので、上を向いて講堂《こうどう》の天井《てんじょう》を見つめた。偶然《ぐうぜん》向けた望遠鏡《ぼうえんきょう》の先に、奇妙《きみょう》な銀河《ぎんが》を発見。恒星《こうせい》や惑星《わくせい》ではなく、無数《むすう》のボタンで構成《こうせい》されている新しい銀河だ。

集会が始まり、校長先生が舞台《ぶたい》の上の演壇《えんだん》で、みんなが静《しず》まるのを待っている。

「みなさんはこの学校に入ってもう五年たちますから、わたしも先生方も、みなさんのことをよくわかっています。新学年にはいろいろ計画していることがあって、わくわくしています。みなさんには厳《きび》しい注文を出すことになりますが、これまでのところ、非常《ひじょう》によくやってくれていますよ！　このようにともに前を向いて……」

ポーター校長先生の話は続《つづ》いているけど、わたしはだんだん聞いていられなくなった。

手は冷《つめ》たいし、おなかの中に石があるように感じる。

わたしはイライラしたりするのはきらいなのに、どうしてボタンのことになるとこんなにイライラするの？　論理的《ろんりてき》でもない。だって実際《じっさい》、ボタンのことなんてだれが気にするの？　考えることもないでしょう！

ボタンがはじけ飛《と》んで、ズボンがずり落ちたりしなければね。

そういうの、まんがで見たことがあるけど、実際の生活の中で、そういうことが絶対《ぜったい》に起きないなんて保証《ほしょう》はない。ボタンははじけ飛ぶし、引力があるからズボンは落っこちる。科学の基本《きほん》だ。単純《たんじゅん》な原因《げんいん》と結果《けっか》。

原因と結果！

この言葉を初《はじ》めて聞いたのは、二年生の理科の時間だ。原因がなければ、なにごとも起こらない、という意味。つまり、いろいろなできごとについて、つねに調べて理解《りかい》しましょう、ということだ。今のわたしの励《はげ》みになるな。

そう、そういうこと！　わたしに必要《ひつよう》なのは、もっと科学的に考えること。理解することだ。

感情的《かんじょうてき》にならずに。

だけど……今はだめ。このもやもやの原因《げんいん》は完全《かんぜん》にわかってるのに、どんどん気分が落ちこんでいく。どうしてかって？　この集会が終わり次第《しだい》、わたしはロッカーへ行ってボタンでふくれあがったリュックをつかみ、親友といっしょにカフェテリアへ行くから。

おなかに石があろうとなかろうとね。

7　ボタン品評会《ひんぴょうかい》

カフェテリアでは、わたしたちのテーブルは昼食をすぐに食べ終わった。

これから始まることはエリーが思いついたことなので、エリーが仕切りだした。そうなるだろうと思ってた。

「さあ、テーブルの上をかたづけて――」

「だけど、トレイは置《お》いといたほうがいいよ」

エリーの言葉をさえぎったのは、ハンクだ。エリーはハンクをにらみつけると、話を続《つづ》けた。

「それじゃ、必要《ひつよう》ならトレイは置いといて」

みんながテーブルにもどってくると、エリーはいった。

「まず、グレースから始めたらどう？　それで順番《じゅんばん》に左の人に回していくの。じゃ、グレース、きのうのボタン以外《いがい》に家でほかのボタン見つけた？」

「うーん……うん」

わたしはすっかりあわてて、口ごもった。

だって、みんなが見せ終わるまで待ってから、持ってきたボタンの袋《ふくろ》をつぎからつぎへと出すつもりだったんだもの。みんなが——とくにエリーがびっくりするのを見て、ほくそえむつもりだった。

それなのに、どうしたらいいの？　おなかがまだ痛《いた》い。

わたしはリュックに手をつっこんで、ビニール袋をひと袋取りだした。緑、青、赤、黄色の、直径《ちょっけい》二センチくらいのボタンが入っている。

「こ……これ見つけた」

そういってボタンをトレイにあけ、左へ回した。

その瞬間《しゅんかん》、エリーがどうしてこういうやり方をしようといったのか、理解《りかい》できた。エリーが最後《さいご》に出せるようにだ！

エリーはわたしのトレイを見てにっこりした。「きれいな色ね」

なんだかわざとらしく聞こえる。

わたしの左《ひだり》どなりのコーディが、パーカーのポケットから紺色《こんいろ》の靴下《くつした》の片方《かたほう》を引っぱりだした。つま先がふくらんでいる。

「やだ――気持ち悪い！」テイラーができるだけ遠くへいすをすべらせた。

「なんだよ？　においなんかしないぞ。それに、ビニール袋《ぶくろ》は環境《かんきょう》にすっげえ悪いんだからな」

コーディはボタンをトレイにあけると、靴下《くつした》をポケットに押《お》しこんだ。明るいオレンジ色のが四、五個《こ》、赤くて大きいのが三個、濃《こ》さのちがう灰色《はいいろ》や褐色《かっしょく》のが何十個も、黒いのが十五個から二十個、小さな白いのがたくさん。

コーディのボタンの中でいちばんおもしろいと思ったのは、大きくて黒いボタンだ。表面に錨《いかり》とロープが彫《ほ》られている。これと同じようなものを、わたしは三十個から四十個持ってる。

わたしはそのボタンを指さした。「これ、アメリカ海軍《かいぐん》のボタンでしょ」

するとコーディがそれをつまみあげた。「うん、母さんがそういってた。父さんの古いジャケットについてたんだけど、釣《つ》りに行ったときに焼《や》け焦《こ》げのでっかい穴《あな》をあけちゃったから、母さんがボタンだけ取っといたんだって」

コーディはこれでおしまい。

テイラーがリュックから小さなビニール袋《ぶくろ》を取りだし始めた。

「うちのママは中学生のとき、お姉さんといっしょに、いろんなものをボタンでかざることに夢中《むちゅう》になったんだって。ランプの笠《かさ》とか、コースターとか、ガラスのびんとか、ほかにもいろいろ。コースターはまだうちにあるのよ。で、使わなかったボタンがいっぱい取ってあったの。これ、まぜちゃだめだって。ふつうのボタンもあったけど、今日は持ってこなかった」

テイラーのトレイには、ビニール袋が少なくとも十五袋のった。ボタンの色はちがうけど、大きさはどれも、シャツの前についているのよりちょっと大きめのものばかりだ。

つぎはケビン。でも、ビニール袋でも靴下《くつした》でもなく、ポケットに何回か手をつっこんで、ボタンを取りだした。

「リビングの裁縫箱《さいほうばこ》から取ってきた。もっとあったけど、スクールバスに遅《おく》れそうになったから……これだけ」

コーディの色とりどりのボタンに似《に》てるけど、アメリカ海軍《かいぐん》のボタンはない。でも、ピューター製《せい》のボタンが四個《こ》あった。どれも表面に浮《う》き彫《ぼ》りのもようがついている。白鳥だ。

つぎはハンク。ハンクは立ちあがると、コピー用紙より少し大きい厚紙《あつがみ》を五枚《まい》広げた。どの紙にもボタンが縦横《たてよこ》に並《なら》べられてくっついている。極細《ごくぼそ》の黒い針金《はりがね》をボタン穴《あな》と紙に通して固定《こてい》しているのだ。

「きのう、あまってるボタンを家じゅう探《さが》して、色と形と大きさで分類《ぶんるい》したんだ。それから穴の数——二つなのか四つなのか。この真鍮《しんちゅう》のと、このちっちゃな青いまん丸のは別《べつ》だけどね。これは裏《うら》に輪《わ》っかが一つついてる。それで、それぞれいくつあるかを記録《きろく》した。ボタンの下に書いた数字がそれだよ。ボタンをこんなふうに並べたのは、インターネットで見たら、コレクターがこういう具合に整理してたから。まだ途中《とちゅう》だけど」

ハンクの説明《せつめい》にみんなはあっけにとられてたけど、わたしは驚《おどろ》かなかった。四年生のとき、理科の発表会でチームを組んだことがあったからだ。ある土曜日、準備《じゅんび》のためにハンクの家に行ったら、チョウとガの標本《ひょうほん》があった。うすくて白い羽の小さなものから、うちのパパの手よりも大きな、あざやかな緑色のルナモス（北米に分布《ぶんぷ》する大型《おおがた》のガ）まで、百五十種類《しゅるい》以上《いじょう》ものコレクションだった。どれもきちんと並んで固定され、ラベルがついていた。

ほかのテーブルからも六、七人、わたしたちのテーブルのまわりに集まってきた。わたしと同じクラスの子もいれば、スコット先生やケイシー先生のクラスの子もいる。五年生も少しいる。みんながのぞきこんでいるようすは、まるでテレビのゴルフ中継《ちゅうけい》の静《しず》かな観《かん》客《きゃく》みたい。

ブルックとダイアナはそんなにたくさん持ってこなかった。ケビンと同じくらい。その中でいちばんおもしろいと思ったのは、ブルックの持ってきた布《ぬの》でおおわれたボタンだ。

ついにエリーの番が来た。

見物人はもう十二人以上《いじょう》。エリーはにっこりしていった。

「テーブルにすわる場所がなくてごめんなさい。でも、とにかく見てください。まずは、すごく貴重《きちょう》な軍隊《ぐんたい》のボタンです」

エリーは言葉を切って、みんなが注目していることをたしかめた。

「あたしのひいひいおじいさんは、一九一八年アメリカ陸軍《りくぐん》に入隊《にゅうたい》して、第一次世界大戦《だいいちじせかいたいせん》後《ご》に大尉《たいい》になったの。このボタンは軍隊の制服《せいふく》についていたものよ。この大きいのは重たいオーバーコートのもの。この茶色い金属《きんぞく》の古いボタンは、まさに第一次世界大戦中、フランスで戦《たたか》っていたときに着ていた軍服のボタンで、こっちのピカピカの真鍮《しんちゅう》のボタンは、そのあとの大尉の制服のもの。この六個《こ》のボタンは、おばあちゃんのお兄さんが海軍で着ていた制服《せいふく》のボタン。ベトナム戦争《せんそう》で亡《な》くなったから会ったことはないんだけどね。そのとき、おばあちゃんはまだ高校生だったの。みんなに回すけど、袋《ふくろ》からは出さないでね」

エリーはすでにカフェテリアのトレイを二枚《まい》使っていて、まだ五枚重ねている。まるで歴史《れきし》チャンネルみたいなショーをやるつもりなんだ！　わたしの心の中には、感動と困惑《こんわく》と嫉妬《しっと》がぐるぐるうずまいている。

エリーは続《つづ》けた。

「この九個《こ》のボタンは、エレン大おばさんのウェディングドレスのボタンです。あたしの名前は大おばさんにちなんでつけられたの。こうやって傾《かたむ》けると、キラキラ光るでしょう？　ホワイトオパールっていう半貴石《はんきせき》から作られてるの。大おばさんがうちのママにこれをくれたので、いつかあたしのウェディングドレスにつけられるのよ。そのことを、ゆうべ初《はじ》めて聞かされて、びっくり仰天《ぎょうてん》だった！」

ビニール袋に入ったウェディングドレスのボタンも、トレイにのせられてテーブルを回り始めた。

「あたしのいちばんのお気に入りはこの二つ。パパの話では、一八九八年にパパのひいおじいちゃんが南イリノイに農場を買ったんだけど、そのころ毎日はいていたオーバーオールのボタンなんですって！」

エリーはそのボタンをわたしにわたした。真鍮製《しんちゅうせい》で、二つの言葉が浮《う》き彫《ぼ》りになっている。〈STRONG《ストロング》 HOLD《ホールド》〉。エリーのひいひいおじいさんのことをもっと聞きたかったけど、エリーはなにごともどんどん進めるタイプ。

「はい、それからこの十二個《こ》のつやつやの黒いボタンは、オニキスっていう石から作られてます。ママの青いロングドレスについていたものだそうです」

左のほうからくぐもった笑《わら》い声《ごえ》が聞こえた。でも、エリーの話で笑ったのではなかった。ケビンとコーディが席替《せきが》えをしてとなり同士《どうし》にすわり、わたしのトレイのボタンを積《つ》みあげて、どっちが崩《くず》さずに高く積めるか競《きそ》っていたのだ。

エリーもちらっと目をやって、顔をしかめた。でも、男の子たちはやめない。話が長すぎたんだってこと、エリーにもわかったみたい。

「じゃ、つぎが最後《さいご》ね。ママのほうのおばあちゃんだけど、おじいちゃんが死んだあと、おじいちゃんのウールのスーツを全部使って、大きなキルトを作ったの。見たことあるけど、ほとんど灰色《はいいろ》と青と茶色で、なんだか地味だった。だけど同時にスーツからボタンを全部はずして取っておいたの。これがそれです。つまり……おじいちゃんのものであたしに残《のこ》されたものは、この小さな袋《ふくろ》に入ったボタンだけ、ということ。とっても……悲しいと思いませんか？」

みんな、しーんとした。

カフェテリアのテーブルにすわっていたみんなは、エリーの話に心から感動している。わたしも胸《むね》にこみあげるものを感じ……はずかしさも感じた。

だって、エリーの超大《ちょうおお》げさな芝居《しばい》がかったショーに歯ぎしりしながら、エリーったら目立ちたがり屋なんだから、なんて思ってたから。もちろんエリーは目立とうとしてた。なのに、今は？　めったに見たことのない一面を見せている。仲《なか》よくなってから長いけど、こんなところ三回か四回しか見たことがない。エリーがこんなに思慮《しりょ》深《ぶか》く感情《かんじょう》豊《ゆた》かになったのは、古いボタンのおかげ——まったくおかしなことだ！

でも同時に心を動かされ、やさしい気持ちにもなった。エリーがやさしくなろうと思えばなれるんだとわかってよかった。思ってもみなかったけど、今わたしは幸せを感じている。

エリーはこのショーで高得点《こうとくてん》をかせいだと自覚《じかく》したようだ。

「残《のこ》りのボタンは、ただの古い服やなにかから取ったものです」

エリーは最後《さいご》の二枚《まい》のトレイに大きなタッパーの中身をあけた。それを見ると、ほとんどのボタンはほかの子のよりもすてきだった。たぶん高い服から取ったものなんだろう。パリで買ったものかな――スニーカーみたいに。

ああ、まただ。また嫉妬《しっと》して嫌《いや》みたらたら。もう、自分がいや。

エリーといると、いつもこんな気持ちになる。それこそが問題なのだ。

そう、もちろん今が、エリーに同じ気持ちを味わわせる、願《ねが》ってもない機会《きかい》だ。テーブルのまわりに十五人くらい集まっている今こそ、自分が世界でいちばんだと思ってる女の子に、今日ばかりはいちばんすてきでいちばん美しいものをいちばんたくさん持っているのは、あんたじゃないよって見せつける大チャンス。

リュックに手を入れて、ビニール袋《ぶくろ》をあと七袋取りだし、ボタン爆弾《ばくだん》を炸裂《さくれつ》させればいい。色も大きさも形も圧倒的《あっとうてき》多数だから――ドッカーン！

でも、しなかった。

親友ならそんなことしないでしょ――ただの友だちだってね。それに、エリーだってわたしを悔《くや》しがらせようとして、こんなショーをしてるわけじゃないし。エリーは……やりたいようにやっているだけ。

それからほんというと、秘密《ひみつ》をもっているってことに、なんだかわくわくしてるの。まるでわたしはすごい大金持ちなのに、だれも気づいてない、みたいな。

「なあ、グレース、ぼくとコーディとでゲームを作ろうとしてるんだけどさ、緑と青のボタンが六個《こ》ずつ必要《ひつよう》なんだ。ぼくらのボタンと交換《こうかん》してくれない？」

いきなりそういわれたので、びっくりして思わずこういった。

「あー……えーと、いいよ、好《す》きなのあげる。いっぱい持ってるから」

「マジで？　サンキュー！」

「じゃ、ぼくも別々《べつべつ》の色を四個もらってもいい？」そういったのは、スコット先生のクラスのジェームズ・キニーだ。

「もちろん」わたしがいうと、ほかの子たちも飛《と》びついてきた。

「あたしも四個いい？」

「五個でもいい？」

なんだか笑《わら》いがこみあげてくる。「わたしのトレイのボタンがほしい人は、六個まで持っていっていいよ」

とたんに六個《こ》を選《えら》ぶ行列ができた。まわりで見ていた子たちはもちろん、エリーまでいる。

するとエリーがいった。「あの……みんな、あたしの最後《さいご》の二枚《まい》のトレイのボタンがほしい人は、一個……か二個、持っていっていいわよ。ママが好《す》きなようにしていいっていってたから」

そこで、みんなは一個か二個もらった。わたしも。

カフェテリアにいたほかの子たちも、なにをやってるんだろうと集まり始めた。エリーは自分のボタンを急いで回収《かいしゅう》しながらいった。

「ボタンを持ってくることを思いついてよかった。おもしろかったね」

何人かがエリーに向かってにっこりしたけど、ほかのみんなはまだ、わたしのトレイのまわりで、どのボタンにしようか、ほかの色のに取りかえようかと迷《まよ》っていた。トレイはほぼ空っぽになっている。

四分後ベルが鳴ったので、わたしはカフェテリアを出て、ラング先生の算数の教室へ向かった。心の中には、なにかが起こったという強い感覚《かんかく》があった——それがなにかはわからないけれど。

そこで、明らかな事実を並《なら》べてみることにした。たくさんの家からたくさんのボタンを持ってきて、たくさんの子が見た。そしたら、もっとたくさんの子が見にきた。もう一つの事実。わたしがボタンをあげるといったら、だれも断《ことわ》らなかった。全員がわたしのボタンを六個《こ》もらい、エリーのボタンも一個か二個もらった。

ということは……現在《げんざい》、二十人以上《いじょう》の子のポケットで、七個か八個のボタンがカチャカチャいっているわけだ。数分前まで、だれもボタンがほしいなんて思わなかったのに！

もう一つ、おかしな事実がある。自分のボタンをほとんどあげてしまって、せいせいしたという事実。たった今、約《やく》百三十個のボタンにバイバイしたわけだ！

だけど、エリーはちがう。本当は一個も手放したくなかったはず。

なぜかって？　理由は簡単《かんたん》。エリーのボタンには歴史《れきし》があるから。エリーにとって大事な意味があるのだ。ちょうどわたしのタンスの上のつやつやの灰色《はいいろ》の石が、わたしにとって大事なようにね。だけど、おじいちゃんの工場から来たあの箱いっぱいのボタンはどう？　わたしにとって、あれは……ただのボタンだ。

大事な事実はこれ。このなんでもない小さな物体が、たった今、目の前で変化《へんか》しているように思えること。

どんなふうに？

どうして？

それはわからない――もっとデータが必要《ひつよう》だ。

はっきりしていることは、なにが起きているとしても、それはまだ終わっていないということ。

ラング先生の教室へ歩きながら、もう一つ気がついたことがあった。おなかはもうすっかりよくなったということ。

8 天才たち

「ママ、ただいま」

ママは二階の自分の仕事部屋——大きめのクローゼットというほうが合ってる——から返事をした。「おかえり、グレース。あと十分でオンライン会議《かいぎ》が始まるから、自分でおやつ食べててくれる？」

「わかった」

そういって台所へ行ったけれど、おやつのことは頭にない。洗濯室《せんたくしつ》のドアをあけ、物入れの中をかきまわして、四年前にベンとふたりで母の日にプレゼントした裁縫箱《さいほうばこ》を見つけた。

ママは裁縫や手芸《しゅげい》の趣味《しゅみ》はないけれど、基本的《きほんてき》な裁縫道具は持っている。前はそれを中華《ちゅうか》レストランのプラスチックの入れ物に入れていた。それで、ふたりでデニム張《ば》りの豪華《ごうか》な裁縫箱をプレゼントしたの。まだ新品みたい。

ふたを上げて、糸巻《いとま》きのつまったプラスチックのトレイをはずし、大きな針山《はりやま》と針のパック三つをどかし、アイロンの当《あ》て布《ぬの》と平《ひら》ゴムを何巻《なんまき》か取りだすと、裁縫箱《さいほうばこ》のいちばん下に、目当てのものを発見した。服から取ったボタンだ。

十五分後、ベンが台所へやってきた。「ん？　なにやってんの？」

「家族の歴史《れきし》を記録《きろく》してるの」

「ただボタンの写真を撮《と》ってるだけにしか見えないけどね」

わたしはきっと顔を上げ、テーブルの上で手をひらひらさせた。

「これ見て。パパとママの結婚《けっこん》生活十九年半で、家族の服から取ったボタンがこれよ。ハムリン家のボタン・コレクション。全部で百三十四個《こ》。結婚してから毎年約《やく》七個のボタンを取ってることになるの」

ベンの頭が整理されるまで、少し待った。

「うん、わかった」

「ほんとは、取った順番《じゅんばん》を知りたいんだけど。そうすれば、最初《さいしょ》に取ったボタンから、いちばん最近のまで正確《せいかく》に並《なら》べられるでしょ。でもそれはわかんないし、タラレバなんて科《か》学的《がくてき》じゃないしね。それに、だれの服のボタンだったかも、ほとんどわかんない。いくつかはわかるけど。これ見て、バラの形をしたピューター製《せい》のボタンが五つ。これはママの赤と白の手編《てあ》みのカーディガンについてたものだよ。でも一個《こ》なくなっちゃったの。それでママは残《のこ》りの五個を取って、裁縫箱《さいほうばこ》に放りこんで、カーディガンに合う新しいボタンを六個縫《ぬ》いつけたの。あれは何年前だったかな……」

わたしはベンのほうを向いた。

「お兄ちゃんとわたしが生まれてから、こういう迷子《まいご》のボタンは増《ふ》えたんじゃないかな？」

「そうだろうな──人が増えれば服も増えて、ボタンも増える」

ベンは、金属《きんぞく》にハープのもようが型押《かたお》しされている、大きな銀色のボタンをつまみあげた。

「これはおれのだ。中学のマーチングバンドのユニホームのボタンを、一個なくしちゃってさ。クリフト先生にいったら、新しいのを買わされたんだ。ママが自分でつけなさいって縫い方を教えてくれて。それから一年くらいたったとき、リビングのソファのクッションの下から見つかったんだ。これがそれだよ」

それを聞いて、わたしは考えこんだ。

「ね、どのボタンにもいろんな物語があるよね」

ベンはまゆを寄《よ》せてわたしを見た。

「まあそうだけど……ズボンやカーディガンなんかに、予備《よび》でついてくるボタンもけっこうあるぜ。それには物語なんかないだろ」

わたしはあきらめない。

「だけど、どのボタンの物語も、服についてうちに来るずっと前から始まってるよ。だれかがデザインして、どこかで作られて、ね？ それからいろんなところへ運ばれて、縫《ぬ》いつけられたり、ちっちゃいビニール袋《ぶくろ》に入れられて、新しいズボンのうしろポケットにつっこまれたり――でしょ？」

「まあな」と、ベン。「でも、それをいうなら物はみんなそうだよ――このいすだって、おれの靴《くつ》だって、あの電球だって。この世のあらゆる物に、作られたり運ばれたりの物語がある。ボタンはそのうちの一つにすぎないさ」

「そうね」と、わたし。「でもさ、これはどう？ もう使わなくなった電球を、物入れの箱に入れて、十九年半も取っておく？」

「いや……」

「じゃ、ボタンは電球とはちがうよね？」

「ああ、電球を使わなくなるってことは、もう使えないってことだから、取っとかないだろ。でもボタンは、欠《か》けたりまっぷたつに割《わ》れたりしない限《かぎ》り、いつでもまた使えるからな。こわれることはめったにないから、古いシャツのボタンを別《べつ》のシャツにつけたりして、まだ使えるってわけだ」

「そうなの！」といってから、ちょっと言葉を切って、つぎにいいたいことをよく考えた。「それでみんな、ボタンを取っておくんだね。今度いつ使うかわからないのに。使うから取っておくんじゃなくて、使うかもしれないからだ！」

推理小説《すいりしょうせつ》の謎《なぞ》が解《と》けたような気分。

ベンはうなずくと、あごひげでも生えているみたいに、あごをさすった。

「こんなことがわかるなんて、おれたちはやっぱり天才だな！」

わたしは笑《わら》っていった。

「だけどね、部屋にボタンを二十七箱も持ってるのは、このわたし。お兄ちゃんじゃないから。だからわたしのほうがもうちょっと天才だよ」

「おもしろい理論《りろん》だ」と、ベン。「けど、部屋にボタンを二十七箱も持ってるなんて、ただの変人《へんじん》だぜ！」

「うーん……かもね」そういったとき、ふと思いだした。「そうだ！　お願《ねが》いがあるんだ。わたしがこんなにボタンを持ってること、だれにもいわないでほしいの」

「なんで？」ベンは聞いたけど、すぐに小声でささやいた。「わかった。変人なんて思われたらやばいもんな。心配するな。だれにもいわないから。もしおまえがこっそり屋根裏《やねうら》部屋《べや》へのぼって、これから一生そこで暮《く》らすことにしても、おれはばらさないからな」

わたしは寄《よ》り目《め》をして、ベーッと舌《した》を出した。

それからまた台所のテーブルに向き直って、写真を撮《と》りつづけた。

ボタンの。

9　ボタン・フィーバー

木曜日、またまたボタンのことを考えながら目が覚《さ》めた。

わたしのボタンは正確《せいかく》には何個《なんこ》あるんだろう？　どの色がいちばん多いのかな？　どの大きさが何個ずつあるんだろう？　いちばん大きいのはどれかな？　いちばん小さいのは？

そのとき、ゆうべ台所でベンがいったことを思いだした。うん、たしかにわたし、変人《へんじん》かもね！

その四十五分後、もっと頭がどうかしちゃったのかと思った。スクールバスの停留所《ていりゅうじょ》へ向かって家を出る直前、二階の自分の部屋へかけのぼり、クランベリーのような真っ赤なボタンを大きくひとつかみして、リュックに放りこんだのだ。今日は学校にボタンを持っていきたい、ただそう思ったの。

まったく変でしょう？

でも、バスのうしろのほうの座席《ざせき》に腰《こし》かけると、変《へん》なのは自分だけじゃないって気がついた。すぐ前の座席の男子が四人、言《い》い争《あらそ》っていたのだ――ボタンのことで。

「なにいってんの？　プラスチックより金属《きんぞく》のボタンのほうがいいに決まってんじゃん――そんなの常識《じょうしき》。それになんかの制服《せいふく》のボタンだったとしたら、それこそ最高《さいこう》だろ――おまえの負け！」

「わかったよ……でも、プラスチックでもミレニアム・ファルコン（映画《えいが》『スター・ウォーズ』に出てくる宇宙船《うちゅうせん》）の形だとしたら？　そのほうが古い金属のボタンよりずっといいよ」

「まあな――だけどそんなの見たことあんのかよ！」

スマホをいじっていた別《べつ》の子がいった。「おい、これ見て！」

男子たちは画面をのぞきこみ、ひとりが大きな声で読んだ。「〈手作りのミレニアム・ファルコン形ボタン〉だって？　すげえ！　おれの陸軍《りくぐん》のボタンと交換《こうかん》したいな！」

「チューバッカのボタンもあるぞ！　R2《アールツー》－D2《ディーツー》のも……ダース・ベイダーも！　かっこいい！」

わたしが考えていたことって、かっこいいの？　この男子たち、きのうカフェテリアではわたしたちのテーブルにひとりもいなかったし、ケイシー先生の社会のクラスにもいない！

なんでボタンのこと、話してるの？

順序立《じゅんじょだ》てて考えてみた。

きのうの昼休みが終わるまでには、テーブルのまわりに二十二人集まっていた。おそらく半分が男子。ポケットには七、八個《こ》のボタンが入っていて、ボタンのことを考えながらカフェテリアを出た。もしその十一人がほかの男子三人ずつにボタンのことを話したり、見せたりしたとしたら、三十三人増《ふ》える。その三十三人が別《べつ》の三、四人に話したとしたら、というように考えると、ボタンに興味《きょうみ》をもち始めた男子は百人を超《こ》えるだろう！

この理論《りろん》はまちがってないけれど、検証《けんしょう》が必要《ひつよう》だ。

「ちょっとごめん……話が聞こえたんだけど、どうしてボタンのことを話してるの？」

スマホをいじっていた子がこっちを見た。

「みんなが話してるからだよ」

「みんな？　じゃあ、ボタンの話をするようになったきっかけはなに？」

その子はまじまじとわたしを見た。「さあね。どうでもよくない？」

「どうでもよくない。知りたいの」といって、にっこりした。

別《べつ》の子がいった。「なんだよ、ボタン警察《けいさつ》かなんか？」

また別の子が笑《わら》いながらいった。「気をつけろ、ボタン部隊《ぶたい》だ！」

また別の子が低《ひく》い声できびきびといった。「ようし、そこまでだ——壁《かべ》に向かって立て。ボタンは全部よこすんだ！」

男子たちはゲラゲラ笑った。近くにいた男子たちもいっしょに笑った。

男子って、こんなふうにお互《たが》いに目立とうとしているんだ。そんなことがよくわかった実験《じっけん》になった。それとも、わたしに対して見せつけてるだけかな。

いずれにしても、科学は前へ進みつづける。

ふと、役に立ちそうなもののことを思いだした。

わたしはリュックに手をつっこんで、ボタンをいくつかつかみ、また男子たちに向きあった。

「ねえ、スマホくん！」

その子は画面から顔を上げた。「なに？」

わたしは手のひらを広げた。

「これは金属製《きんぞくせい》じゃないけど、これから二つ質問《しつもん》を出すから、答えてくれたら、この真っ赤なボタンを一問につき二個《こ》ずつあげる。どう?」

そのころにはほかの三人もこっちを向いている。

スマホくんがにやっとした。「いいよ」

「よかった。じゃ、ボタンのことを考え始めたのは、いつから?」

「きのう……の、午後」

「そのとき、なにがあったの?」

「ジェームズ・キニーってやつがさ、美術《びじゅつ》の授業《じゅぎょう》でいっしょなんだけど、テーブルにボタンを並《なら》べて、形やもようを作ってたんだ。そしたら、だんだんみんなが加《くわ》わって、エアホッケーのパックみたいに使いだしてさ、もう大さわぎ。ボタンっておもしろいなって、みんな思ったんだ」

「すごい——その話が聞けてよかった。ありがとう」

スマホくんが手を伸《の》ばしてきたので、真っ赤なボタンを四個のせた。理論《りろん》を実証《じっしょう》できたお礼としては、格安《かくやす》だ!

そのあと学校に着くまでずっと、着いてからも廊下《ろうか》を歩きながら、わたしはよく耳をそばだててみんなの声を聞いていた。ボタンのことを話しているのが六回聞こえた。

少し息を切らしながらホームルームに入り、エリーを探《さが》す。いたいた。テイラーとブルックとダイアナといっしょに窓際《まどぎわ》にいる。

「おはよう。ねえ、バスの中でなにがあったと思う？　わたし――」

「ちょっと待って！」エリーはそういうと、わたしの目の前に腕《うで》を突《つ》きだした。「これ、どう思う？」

手首にブレスレットをしている――小さな白いボタンで作ってあるブレスレットだ。

ブルックがいった。「きれいだと思わない？」

テイラーが続《つづ》ける。「このボタンは全部、貝殻《かいがら》でできてるんでしょ？」

エリーがうなずいた。「真珠貝《しんじゅがい》よ。この細いゴムで、平らなビーズをつなぐみたいにつなげただけ。こうすると伸《の》び縮《ちぢ》みするの。ほら……」

エリーはブレスレットをするりとはずすと、わたしの左手を取って、ブレスレットを手首につけた。

わたしは腕を上げてブレスレットをしげしげとながめた。

またしてもエリーに驚《おどろ》かされた。こんなに手先が器用《きよう》だなんて今まで知らなかった。

「すごく似合《にあ》う！　昼休みまでつけていてもいいよ」

「とってもきれいだけど、エリーがつけたほうがいいよ」そういって、ブレスレットを返した。

「わかった」

返してもらって、エリーはうれしそうだった。

すると、テイラーがいった。「ねえ、さっきなんかいいかけたよね……バスがどうのこうのって」

「ああ、あれ？　たいしたことじゃないから」

というのは正確《せいかく》ではない。

だけど、今は科学者みたいに考えているところなの——まあ、できるだけね。

みんながどのように行動するのか、なぜそうするのかを知りたいから。だから、こんなことがわかったのよ、なんてぺらぺらしゃべるべきじゃない。だってそんなことをしたら、検証結果《けんしょうけっか》が変《か》わってしまうかもしれないもの。それは科学的《かがくてき》とはいえない。ましてや、観察《かんさつ》しようとしている状態《じょうたい》にある人たちに、まさにその状態のことをしゃべるなんて、もってのほか。

というのは、この子たち、すっかりその状態《じょうたい》になってるから――ボタン・フィーバー！

たしかに、わたし自身もボタン・フィーバーの状態だ。でも一ついえることは、わたしはそれを自覚《じかく》してるってこと。

エリー、テイラー、ブルック、ダイアナは？　バスの中の男子たちと同じだ。ボタン・フィーバー状態なのに、自分ではわかってない。

今はね。


その日はずっとエリーの近くにいた。いっしょの授業《じゅぎょう》のときはもちろん、廊下《ろうか》で会ったときや昼休みにも。エリーがブレスレットをだれかに見せたり、だれかがブレスレットに気づいてなにかいってきたりすると、わたしは必《かなら》ずくわしいメモをとった。

エリーは新しいものや特別《とくべつ》なものを見せびらかしたいタイプだし、友だちもすごく多い。木曜日の午後、帰りのスクールバスに乗るころには、エリーのブレスレットを間近で見た四年生から六年生は、女子が三十九人、男子が十二人、合計五十一人になった！

もちろん、その五十一人がエリーのブレスレットのことをどんなふうに思ったのか、まわりの子にブレスレットのことを話したのか、それはすぐにはわからない。それに、わたしが近くにいなかったときに、エリーがほかの子たちにもブレスレットを見せていたことは確実《かくじつ》だ。

それでも、これだけデータが集まれば、このとてもシンプルな理論《りろん》は実証《じっしょう》できると思う。つまり、エイブリー小学校には、爆発的《ばくはつてき》にボタン・フィーバーが広がるだろう、ということ。

それはきっと、すぐだ。

10　ボタン・ゾンビ

　金曜日の朝、スクールバスの空席《くうせき》を探《さが》していたとき、きのうの男の子、スマホくんが立ちふさがって、早口でしゃべりだした。

「あのボタンさ、きのうくれた赤いやつ。もっと持ってる？　おれ、すごくでっかい緑色のボタン見つけたんだけど、赤いのと交換《こうかん》してもいいよ。どう？　交換する？」

「えーと、まずすわってもいい？」

　わたしの家は学校に近いので、バスはほとんど満員《まんいん》になっている。それで座席《ざせき》を探してうしろへ歩いていくと、途中《とちゅう》のあちこちでやかましい交換の声が飛《と》びかっていた。

「小さくて白いボタンを十五個《こ》持ってるの。ブレスレットやなんかを作るのにちょうどいいよ。あたしはピューター製《せい》のボタンがほしいんだけど、だれか持ってない？」

「ピューターはないけど、かっこいい真鍮《しんちゅう》のならあるよ」

「真鍮？　ワシのもようついてる？」

「うぅん、地球儀《ちきゅうぎ》」

「それもらう！　かわりになにがほしい？」

「どんなの持ってるの？　アメリカ海軍《かいぐん》のボタンがほしいんだけど。錨《いかり》がついてるやつ」

「ピューターっていった？　ピューターほしい人だれ？」

「あたし！」

わたしが座席《ざせき》にすわると、スマホくんはまだそばにいた。

「それで、あの赤いやつ、持ってる？」

「まず最初《さいしょ》に、わたしの名前はグレース――スマホくんの名前は？」

「クリス」

「どうして赤いボタンがそんなにいるの？」

「あの色、めずらしいんだよ。じつは沿岸警備隊《えんがんけいびたい》のボタンをねらってるんだけど、それと交換《こうかん》するのに、いい材料《ざいりょう》を手に入れなくちゃならない。で、おれのでっかい緑のボタン二個《こ》なら、グレースの赤いボタン八個分くらいになると思ったんだ。どう？」

「おい、おれもその赤いのほしい！　この黄色いボタン見てくれよ――こんな色見たことないだろ？」

そういったのは、きのう〈ボタン警察《けいさつ》〉とかいって笑《わら》った男の子だ。おまけに、交換《こうかん》するといって見せてきた四個《こ》の黄色いボタンは、わ、た、し、のだ。水曜日の昼休みに、トレイにあけてみんなにあげたボタンの一部！　ということは、この子はテーブルにいただれかからもらったにちがいない……それとも、このボタンは五、六回、だれかの手から手へわたったのかもしれない。

バスの運転手の女性《じょせい》が急ブレーキをかけ、ほかの車に手をふって先に行かせた。そして立ちあがって叫《さけ》んだ。

「座席にすわって、い、い、い！　今度バスが動いているときに立ち歩いたら、学校に電話して校長先生に出てきてもらうわよ。わ、か、っ、た？」

みんなはあわててすわり、うんうんとうなずいて静《しず》かになった。ところが、バスが動きだしたとたん、また大声の交換会が始まった——今度はすわったままだけど。

クリスという男の子から、緑のボタンを二個わたされた。「いいだろ、これ？」

それはとても大きくて、直径《ちょっけい》四センチくらいある。表面には、二つのボタン穴《あな》を通るV《ブイ》字形《じがた》のもようが刻《きざ》んである。

「光にかざしてみな。透《す》きとおって、まるでガラスみたいだろ。ほんとにすごいボタンなんだ！」

わたしは数えきれないほどのボタンを持っているけど、こんなのは見たことがない。うわ、これ絶対《ぜったい》ほしい！

でも、深く考えずに、ほしくないふりをした。

「うん……まあまあね。だけど、赤いの八個《こ》？　これ二個で？　それはちょっと」

「じゃ、七個ならどう？」

この子、すっかり引っかかってる。

「六個なら交換《こうかん》してもいいよ」

「オッケー、六個ね！　決まり！」

わたしはリュックの底《そこ》をほじくり返して、真っ赤なボタンを六個手わたした。これで取引は終了《しゅうりょう》。なんだろう、この気分？　こんな気分、生まれて初《はじ》めてだ！　交換って、おもしろい！

わたしは思わず叫《さけ》んでいた。「ピューターのボタン持ってる人、だれ？」

「ここ、うしろ――三個持ってるよ。これ、わたしてくれる？」

その声は二列うしろにいた女の子だった。たぶん五年生。

わたされたボタンをじっくり見てから、わたしは顔をしかめた。

「これ――全部同じじゃないのね。惜《お》しいなあ」

「そう。だってそれ、雪の結晶《けっしょう》のデザインだもん……雪の結晶って全部ちがうでしょ？だから、すごいボタンなのよ」

この子、頭いい。

「そうね、だけどわたしはデザインがそろってるのがいいんだ。このクランベリーみたいな真っ赤なボタンみたいにね。これ、たくさんあるから、カーディガンに縫《ぬ》いつけたりもできるよ。いい色でしょう！」わたしはそういって、その女の子に三個《こ》わたした。「もし交換《こうかん》したいなら、六個あげる。ううん、七個でもいい」

わたしの手の中のピューターのボタンはずっしりと重く、頑丈《がんじょう》だった。さっきの大きな緑色のボタンと同じく、絶対《ぜったい》にほしい！　と思った。

女の子はまだ納得《なっとく》していないようなので、わたしはこういった。

「じゃ、これはどう？　ピューター一個に対して、赤いの三個。いいと思わない？」

すると、女の子はわたしが引っかかってると思ったみたい！　しかも、女の子がそう思ってるとわたしがわかってることもわかってる。

「うーん……ピューター一個《こ》について赤いの四個ならいいかも。全部で十二個。それならどう？」

「三個に対して十二個？　まあいいや……そっちがずいぶん有利《ゆうり》だけどね！」

わたしはリュックをかきまわして、赤いボタンをあと九個見つけ、女の子にわたした。不利《ふり》な条件《じょうけん》での取引だったかもしれないけど、かまわない。このピューターのボタンはほんとに重く、まぎれもない本物だから！

赤いボタンが少なくなってきたので、ひとまず交換《こうかん》はやめた。でも、ロッカーの中には、水曜日の昼休みに出さなかったボタンがまだ七袋《ふくろ》もある！　ありとあらゆるボタンが、二千個くらいあるはず！　うまくやれば、今日、学校じゅうにあるピューターのボタンを一つ残《のこ》らず手に入れることができるかもしれない。それだけじゃなく――。

急に頭にブレーキがかかった。

いったいどうしちゃったの？

頭の中で、心配そうな小声が聞こえるんだけど、これ、だれの声？

五分前バス停《てい》に立っていたとき、わたしは慎重《しんちょう》な科学者グレース・ハムリンだった。今日もボタン・フィーバーが新たに巻《ま》き起《お》こるのか、観察《かんさつ》して分析《ぶんせき》し、記録《きろく》するつもりだった。ところがバスに乗って十秒もすると、野蛮《やばん》なボタン・ゾンビに変身《へんしん》——もっともっとボタンを手に入れてやる！

頭の中が急に静《しず》かになった。まわりを見まわしてみると、なにが起きているのかわかってきた。

みんながみんなボタンを持っているわけじゃないんだ。実際《じっさい》に交換《こうかん》しているのはたったの十五人くらい。それでもバスの中の全員が、取引に夢中《むちゅう》になって、あっちがいいだの、こっちがいいだの、交換会を楽しんでいる。

「だめだめ！　あいつが押《お》しつけようとしてるクズなんかより、このボタンのほうがずっといいんだから！」

ほかにも気がついたことがある。ボタンを持っていない子も、ほしくてたまらないということ。わたしの理論《りろん》では、月曜日の朝までには大部分の子がボタンを手にしているはずだ。

一分前に思ったこと、ロッカーへかけていって、ボタンの袋《ふくろ》をひっつかみ、髪《かみ》をふり乱《みだ》して交換を続《つづ》けるという考えはどうするかって？

無理無理《むりむり》、そんなことできない！

だって、わたしがすごいボタンを大量《たいりょう》に持っていることがわかっちゃうでしょ。そうしたら、わたしが圧倒的《あっとうてき》に有利《ゆうり》だとバレるじゃない。

そんなのずるいって、思われるでしょ。

自分でも思うもん……ずるいって。

だから、今は科学者的目線で観察《かんさつ》するだけにしよう。それは参加《さんか》しているのとはちがって、スパイしているみたいなものね。

今はそうしようって、自分にいいきかせた。この流れの外にいて、科学的に見ていこうって。客観的にできごとを観察し、なにが起きているか理解《りかい》するようにしよう。

それが自分にいった言葉。

だけど、バスからおりたときのわたしは、右手にピューターのボタンを三個《こ》、左手に大きな緑のボタンを二個にぎりしめている。このボタンが手に入って、すっごくうれしい！

たしかに、公正に科学的目標《もくひょう》にたどりつくのは、並大抵《なみたいてい》のことじゃないかもしれない。

うまく交換《こうかん》できたときのあの快感《かいかん》といったら、とても忘《わす》れられないものだったから。

11 ファッションと権力《けんりょく》

ホームルームの教室に入って見まわすと、あちこちにボタンが存在《そんざい》していた。

でも、バスの中のようなさわぎは起きていない。ラング先生が教卓《きょうたく》にいてノートパソコンを打っているし、先生は、始業前でもみんなに落ち着いてきちんとしているようにいっているからだ。

それでも、何人かは集まってさかんになにかやっている。輪《わ》の中心にいるのは、エリーだった。

まあ、そうだろうね。

エリーはわたしに気がつくと、にこにこしながら、こっちに来てと手まねきした。きのうとはちがう新しいボタン・ブレスレットをつけている。

「ねえ、聞いて。きのう、ブレスレットのことをおおぜいに聞かれちゃったから、ゆうべまたいくつか作ったの！」

ふむふむ、そうなるだろうね。

「まず、ママにもらったたくさんのボタンを仕分けしたの。色と大きさで。最初《さいしょ》に作ったブレスレットはすごく気に入ってるんだけど、使うボタンが多すぎるの。それで、たくさん作るにはどうしたらいいか考えたんだ。で、ほら、このブレスレットが五本できたの！」

エリーに細くて赤いリボンをわたされた。幅《はば》が一センチちょっと、長さ十五センチくらいの布製《ぬのせい》で、髪《かみ》を結《むす》ぶリボンみたい。小さくて白いボタンが八個《こ》、リボンの上に等間隔《とうかんかく》に縫《ぬ》いつけてある。リボンの片端《かたはし》に、白くて太い糸の小さな輪《わ》っかがついている。

「こうやってつけるのよ」

エリーはわたしの手首にリボンをぐるりと巻《ま》きつけ、最後《さいご》のボタンに反対側《はんたいがわ》の白い輪っかを引っかけてとめた。これで赤いリボンのボタン・ブレスレットのできあがり。

エリーの裁縫《さいほう》なんて、賞《しょう》をとるようなレベルじゃないけど、このブレスレットはおしゃれですっきりしていて、なんてかわいいの！

ブレスレットをはずすのを手伝《てつだ》ってくれながら、エリーは話しつづけた。

「だから今日の目標《もくひょう》は、このブレスレットと、なるべく大きいボタンをたくさん交換《こうかん》することって決めた。もう七個手《こ》に入れたのよ。ブレスレットはまだ三本残《のこ》ってるし！　どう、すごいでしょ？」

エリーは七個のすばらしいボタンを手のひらにのせて見せた。どれも、わたしがバスで手に入れた緑のボタンと同じくらいの大きさだ。三個はあわい水色の貝殻《かいがら》でできている。ほかにはあざやかなオレンジ色のプラスチック製《せい》が一個と、茶色っぽい鳥の卵《たまご》みたいにまだらもようのが二個、最後《さいご》の一個はうすい黄色のガラス製みたいで、中に泡《あわ》が入っている――でもこれはプラスチックだ。

エリーの計画は、超超《ちょうちょう》うまくいっている！

ところが、こんなことを考えているのはエリーだけじゃなかった。今朝、ボタンは流行のファッションになっていた。

エリーにならって、ボタン・ブレスレットを作ってきた女子が五人いた。それでもエリーの新しいブレスレットがいちばんすてきだと思うけどね。ほかにも三人が、ひもやチェーンにボタンを一、二個ぶら下げて、ネックレスにしている。もうひとりは、真っ黄色のボタンをジーンズのベルト通しに一個ずつ縫《ぬ》いつけてる！　テイラーなんか、白いスニーカーの靴《くつ》ひもに小さな青いボタンを縫いつけて、ひもを結《むす》んだとき、靴の真ん中に来るようにしてある。これはすごくおもしろい。

教室のうしろでは、男子四人がベルトからボタンの束《たば》をいくつもぶら下げている。でもこれはファッションとはいえないな。広告《こうこく》といったほうがいいかも。

やっぱり広告だ。わたしはもっと近くで見ようと、そっちへ行ったんだから。

「おはよう、コーディ。その黒いボタン、見せてくれない？」そういいながら、コーディの左のお尻《しり》にぶら下がっているボタンの束を指さした。

「いいよ」

目当ての束を取りだすのに、コーディはほかのボタンを三束、はずさなくてはならなかった。ベルトにどうやってボタンの束をぶら下げているかというと、特大《とくだい》のゼムクリップを伸《の》ばしてS《エス》の字の形に曲げ、ベルト通しに引っかけているのだ。頭いい。

ざっと数えるとこの束にはボタンが十個《こ》、ほかの束にも同じくらいある。コーディはボタンに糸を通すのではなく、細い針金《はりがね》を通している。

「ひと束十個にしてるのはどうして？」

「この針金、パンの袋《ふくろ》をしばってあるビニタイってやつで、ねじって留《と》めて輪《わ》っかにするには、ボタン十個くらいじゃないとだめなんだ」

「ビニタイと大きいゼムクリップを使おうって考えたのはだれ?」

「さあね——みんなやってるよ。たまたまだろ」

もちろんそんなことはない。たまたまうまいことが起こるなんてありえない。でもビニタイを思いついたのはだれか、突《つ》き止《と》めるのはもうおそいかもしれない。

だってわたしは、こぎれいな理科室で正確《せいかく》な実験《じっけん》をおこなっているわけじゃないから。このボタン現象《げんしょう》は、巨大《きょだい》で手に負えないいきたならしい生き物となって、学校じゅうをはねまわっているのだ!

ボタンの束《たば》を返すと、コーディはゼムクリップをまたベルト通しに引っかけ、ケビンとノアのところへ話しにいった。この三人の腰《こし》には、少なくとも十五束のボタンがぶら下がっている。見ていると、ボタンの束をはずして、比《くら》べたり言いあいをしたりし始めた。

始業のベルまでまだ八分あるので、わたしは席《せき》にすわり、ノートを開いた。忘《わす》れないうちに観察《かんさつ》したことを記録《きろく》しておかなくちゃ。

ところが、目のはしにブルックの姿《すがた》が見えた。ブルックは教室へ飛《と》びこんでくると、一《いち》目散《もくさん》にエリーのところへ行き、手を広げた。そこでわたしは鉛筆《えんぴつ》を放りだし、急いでそこへ行った。

ブルックは美しいボタンを持っていた。今まで見た中でいちばんきれいかもしれない。プラスチックの色はやわらかなクリーム色で、直径《ちょっけい》四センチ近くある。大きいけど大きすぎることはない。穴《あな》はなくて、裏《うら》に金属《きんぞく》の小さな輪《わ》っかが一つついている。いちばん魅力《みりょく》的《てき》なところは、表面にうずまきのもようが彫《ほ》られているところ。中心からうずまき線が十二本ほど出ていて、それぞれの溝《みぞ》が濃《こ》い青で色づけされている。古そうだけど、すりへったり欠《か》けたりはしていない。

大きさ、なめらかな丸い表面、うずまきもよう、クリーム色と濃い青のくっきりとしたコントラスト。こんなボタンを見たらだれだってこういうでしょ、これほしい！　って。エリーもそっくり同じことを考えていると思う。そんなそぶりは見せないようにしてるけど。

ブルックは、つぎにどうするかを、エリーが決めるんだと思っているはず。いつもそうだから。エリーがボスなのだ。

だけど、あの美しいボタンを持っているのはだれ？　ブルックよ。

だから今のところ、自分では気づいてないとしても、主導権《しゅどうけん》をにぎってるのはブルック。変《へん》な話、あの特別《とくべつ》なボタンを持っているだけで、ブルックはクラス一の権力者といえる。

実際《じっさい》……あのきれいなうずまきボタンは、科学そのものよりも、いや、良識《りょうしき》よりも強力かもしれない。だってまさに今、わたしは気持ちをおさえられないでいるんだもの――あのボタン、絶対《ぜったい》に手に入れてやる！　って。

12 決戦《けっせん》

廊下《ろうか》へ出てロッカーへ急ぐ。こんなの論理的《ろんりてき》じゃないなんてわかってるけど、かまうもんか。あのうずまきボタンがほしいの！

あの社会の発表のときから、ブルックが好《す》きなボタンは、リアルな動物の形をしたもの、とわかってる。ブルックは獣医《じゅうい》になりたいからね。

それで、わたしはロッカーから、社会の発表で使ったボタンの袋《ふくろ》を取りだした。わたしがこのボタンを持ってることは、みんな知ってるから、秘密《ひみつ》はまだ守られたままだ。

教室へもどると、ブルックはエリーがリボンで作ったボタン・ブレスレットを試着《しちゃく》していた。すごく気に入ったみたい。

エリーはもう、うずまきボタンを手に持っている。

ああ、おそかったのかな。

ほかの五人の女子たちは、そのようすを遠巻《とおま》きにながめてる。いつもだったら、わたしもそうしてた。たとえば映画《えいが》のDVD《ディーブイディー》をいっしょに観《み》るとすると、いつもエリーの選《えら》んだものを観ていたのだ。

でも今はちがう。わたしはふたりのあいだに割《わ》りこんで、天気の話でもするように、なんでもない顔で話しだした。

「これ、このあいだの社会の授業《じゅぎょう》に持ってきたボタン。犬とかネコとか馬とかの形で、かわいいでしょ。これをブレスレットにしたらどうかなって、考えてたんだ」

「うわあ……すっごくいい考え！」

ブルックは小さなビニール袋《ぶくろ》をしげしげとながめてる。

エリーは？

見なくても、エリーが口をポカーンとあけているのがわかる。言葉も出ないみたいだけど、すぐにしゃべりだすに決まってる。

それで、わたしはボタンを袋から出し始めた。

「ね、ほら、この子ネコと……このコマドリと……このポニーと……このスコティッシュテリアと、あと三つ四つ、黄色いリボンにつけたらどうかなって。きっととってもすてきになると思う。チャームつきブレスレットみたいに！」

ブルックはうんうんとうなずいた。

「じゃ、いくつか交換《こうかん》してくれる？」

「いいけど……どんなの持ってる？　わたしのはすごくめずらしいし、アンティークに近いからね」

ブルックはコブラみたいにすばやく、エリーの手からうずまきボタンをつかみ取り、わたしに手わたした！

「このボタンあげるから、グレースのボタン八個《こ》ちょうだい――選《えら》ぶのはあたし。この条《じょう》件《けん》でいい？」

「いいよ！」っていいかけたのに、その前にエリーがしゃべりだした。

「ちょっと待って、ブルック、もうあたしと交換したじゃない。あたしが作ったブレスレットをつけて、そのボタンくれたでしょ。これで取引は成立《せいりつ》してるわよ。それに……この週末《しゅうまつ》にうちに泊《と》まりにきてもらいたいなって、思ってたの。伸《の》び縮《ちぢ》みするすごいひもを買ったから、新しくネックレスを作ってみようと思って、ブルックに手伝《てつだ》ってもらいたかったんだけど」

エリーはこっちを見もしない。みんなを引きつけてやまないエリーのほほえみパワーは今、かわいそうなブルックだけに注がれている。わたしも数えきれないくらい何度も魅了《みりょう》されてきたけど、またその魅力を発揮《はっき》しているのだ。

そのうえ、ブルックに家に泊《と》まりにきてといったことは、今の今まで一度もない。それなのに招待《しょうたい》するなんて、取引の材料《ざいりょう》じゃない。お泊まり会をえさに脅迫《きょうはく》してるんだ！

こんなのずるいよ――おじいちゃんのボタンをわたしがたくさん持ってることよりも、ずっとずるい！

だけど、今大事なことは、うずまきボタンはわたしがしっかりにぎっているということ。絶対《ぜったい》に離《はな》すもんか。

わたしはエリーの目をまっすぐ見つめた。落ち着いた声で……親しみをこめて話しだした。簡単《かんたん》なことじゃないけどね。でもエリーみたいに、魅力的《みりょくてき》なほほえみをうかべるのではなく――冷静《れいせい》に論理的《ろんりてき》に説明《せつめい》した。

「残念《ざんねん》だけど、エリー、ブルックは『これでいい』っていってないの。交換《こうかん》するかどうか、まだ考え中だったわけ。わたしには『この条件《じょうけん》でいい？』って聞いた。わたしは『いいよ！』っていいかけてたの。まあ、そういうこと！」

気がつくと、まわりには七、八人集まって、うんうんとうなずいている。わたしといっしょに。

エリーが口を開く前に、わたしはブルックに、ボタンの袋《ふくろ》をわたした。

「ほしいのをゆっくり選《えら》んでいいよ」

ブルックはとまどったようににっこりした。

「う、うん、わかった」

ブルックが困《こま》るとわかってたら、こんなことしなかったかもしれない。それに、エリーが泊《と》まりにきてなんてさそわなかったら、わたしも引き下がっていたかもしれない。

それでも、今わたしのしていることは正しいと思う。

わたしはブルックの手首から赤いリボンのブレスレットをはずすと、エリーにわたした。

「はい、これエリーの」

エリーはぎろりと目をむき、鼻の穴《あな》をふくらませた。だれかの頭を蹴《け》り飛《と》ばそうとしている馬の顔みたい。前にもこの顔見たことがあるけど、わたしに向けてじゃなかった。わたしはぞくっとして、とっさにブルックのボタンをあげて、あやまろうとした。

すんでのところで踏《ふ》みとどまったけど。

エリーが自分のブレスレットをつかみ、ぷいっと背中《せなか》を向けたとき、始業のベルが鳴った。

自分の席《せき》へ歩きながら、わたしはうずまきボタンを見ることもなく、ジーンズの前ポケットにすべりこませた。そして、ふーっ、ふーっと、大きく息をついた。

だって、今起こったことって、ほとんどボタンに関係《かんけい》ないことでしょう?

13　エリーのテーブル

わたし、ボタンのために、親友をなくしたのかな？

この疑問《ぎもん》は的確《てきかく》で、なおかつおそろしい。

この日の午前中、教室にすわっているわたしは、答えが出せなかった。

自分の思いどおりにいかないことをエリーがどんなにいやがるか、わたしはよく知っている。そんなわたしが、こういう事態《じたい》を引き起こしたのだ。

だからエリーはわたしをきらってる？

ずっと考えていると、つぎの疑問がわいてきた。こっちのほうがずっとおそろしい。今までエリーは、本当にわたしの親友だったの？　そもそも親友ってなんなの？

算数の問題なら、答えは正しいか正しくないか、正解《せいかい》か不正解《ふせいかい》かのどちらかだ。2＋2＝4ですか？　という問題なら、答えは、はい！　2＋2＝4です！　となる。

それで終わりだ。

エリーとわたしの問題はというと、終わりが見えない。

でも、今日は、ただぼーっとすわってくよくよ考えたりする時間がなくて助かった。ラング先生は算数と理科の時間をつなげて、物の長さを測《はか》ったり、平均値《へいきんち》を出したりする授《じゅ》業《ぎょう》にした。まずひとり一つずつ木製《もくせい》の多面体を持ってきて辺《へん》の長さを測る。それからグループを作り、全部の多面体の表面積《ひょうめんせき》の平均を出すことになった。

ラング先生は教師《きょうし》になってまだ二年めだと、パパがいっていた。パパはなんでも調べるの。建築技師《けんちくぎし》だから、ビルや橋が崩《くず》れないように、しっかり計算してたしかめる。パパがあんなに心配性《しんぱいしょう》なのは、仕事のせいもあるかもね。

学年が始まってすぐのころは、ラング先生は苦手だった。いつもピリピリしていたから。でもだんだんわかってきたの。先生はまだ新米教師だから、神経質《しんけいしつ》になっていたんだって。机《つくえ》の上にあけっぱなしになっているノートパソコンを見たら、授業の指導案《しどうあん》が書いてあった。理科と算数の授業で、どのクラスにどういうことを教えるのか、細かく計画を立ててある。ある日の算数の時間に、校長先生が教室のうしろにそっと入ってきた。その二日後、理科の時間にも入ってきた。ラング先生は校長先生が入ってくるのがいやそうなので、そういうときにはわたしは必《かなら》ずむずかしい質問《しつもん》をする。ラング先生はとても頭の切れる先生なので、質問に対して説明《せつめい》を始めると、校長先生がいることを忘《わす》れたみたいになるの。

授業《じゅぎょう》時間は飛《と》ぶように過《す》ぎ、校長先生もあらわれず、わたしもエリーがいないのでリラックスしていた。

昼休みになったとき、ブルックがやってきてビニール袋《ぶくろ》を返してくれた。ちょうどよかった。ブルックとの取引のせいで、わたしがすてきなボタンをいっぱい持ってることが知れわたったから。昼休みなら交換《こうかん》できるでしょ。

それと、エリーのところへ行って、どうしてわたしがこんなにボタンに夢中《むちゅう》になったのか説明して、あやまろうかな。

カフェテリアの外の廊下《ろうか》で、ハンクにつかまった。

「なあ……エリーのテーブルのこと聞いた？」

「なんのこと？　なんのテーブル？」

「エリーのテーブルだよ、カフェテリアの。グレースにはすわってほしくないってさ」

「ええっ？」

それしかいえなかった。

わたしは二年生の最初《さいしょ》の日から、昼休みには毎日エリーのとなりにいたけど、エ、、、リーのテーブルにすわっていたわけじゃない！

でも、もちろんハンクは本当のことをいっている。わたしは今までずっと、親友といっしょに昼食を食べていると思っていたけど、ただのお客さんだったんだ。

そして今、エリーはわたしへの招待状《しょうたいじょう》をビリビリに破《やぶ》いた。

ハンクが軽くせきばらいして、体の重心を片方《かたほう》の足からもう一方の足に移《うつ》した。「早く並《なら》ばないと、ピザがなくなっちゃうよ」

「そうね」

カフェテリアに入っていくと、首が赤くなるのを感じて、そんな自分に腹《はら》が立った。わたしはなんにもはずかしがることはない、なに一つね！　だけど、みんながじろじろ見ているような気がする。とくにエリーのテーブルのみんなが。

ほら、もういとも自然《しぜん》に考えちゃってる――エリーのテーブル、エ、エ、エ、エリーのテーブル、エ、エ、エリーのテーブル！

だめだめ、ストップ！　エリーのことは頭から追いださなくちゃ。まるで格闘技《かくとうぎ》みたいにたいへん。

そのとき、ハンクが話しかけてきたので助かった。

「気づいてると思うけど、ぼくもボタンに夢中《むちゅう》になってるんだ。ばかみたいだけど、今、全校生徒《ぜんこうせいと》の半分がボタンに夢中だよ。まあ、ほとんどは〈にわかファン〉ってとこだろうけど。だけどぼくはいろいろ調べてみて、チョウやガみたいに、ボタンもおもしろいものだなって思うんだ。こんなに種類《しゅるい》が多いなんて、人間が作ったものにしてはほんとにすごいよ。鱗翅目《りんしもく》は十八万種類以上《しゅるいいじょう》あるからね」

鱗翅目というのは、チョウやガのことをさす専門用語《せんもんようご》だ――前にハンクが教えてくれた。わたしも理科は好《す》きだけど、ハンクはなにかに興味《きょうみ》をもつと超《ちょう》オタクになる。ふつうの算数や学校で勉強するような理科なんて、退屈《たいくつ》みたい。だけど、考古学、とくにインカ帝国《ていこく》やマヤ文明についてては専門家《せんもんか》だ。火星探査《たんさ》のことや、地球の周回軌道《しゅうかいきどう》と引力の関係《かんけい》についても、プロ並《な》み。気候変動《きこうへんどう》についても、のめりこんでいる。

そして今度はボタン。いや、ボタン学かな？

カフェテリアのピザに手を伸《の》ばしたとき、だれかに肩《かた》をたたかれた――名前も知らない五年生の女の子だ。

「あの、グレースさんですか？」

「そうだけど……」

「よかった、すてきなボタンを持ってるって聞いたから――見てもいいですか？」

「いいけど、お昼を食べてからにしてくれる？」

「あ、そうですよね、すみません。なくなったらたいへんだと思って。よかったらボタンを交換《こうかん》してほしいんです。あたしはサラっていいます」

「じゃ、行列の先頭にしてあげる」

これ、冗談《じょうだん》でいったの。

ところが、カフェテリアのうしろのほうにすわるところを見つけてから二分もたたないうちに、サラとあと三人がそばに立っていた。行列を作って。わたしが食べるのをじっと見ている。

テーブルの上にはボタンの袋《ふくろ》を置《お》いているけど、ピザはおいしいし、急ぐつもりはない。

エリーのテーブルを見るつもりもない。一度だって。

ハンクがボタンの袋をいじり始めた。「このボタン、ほとんどがセルロイドだな」

「セルロイド？」

「うん。初期《しょき》のプラスチックさ。それにボタン自体も古いな――一九三〇年代のものだろう。ボタン収集家《しゅうしゅうか》ならビンテージだっていうよ。ほら、この黄色っぽい地にニンジンがのっているの見て。これも初期のプラスチックで、ベークライトっていうんだ。インターネットのオークションなら、これ一個《こ》で少なくとも十ドル、いや二十ドルするかもしれない。さっき、ブルックが選《えら》んだ八個のボタンを見たけど、あれなら軽く十五ドルから二十ドルはするな」

わたしはポケットからうずまきボタンを取りだした。「これはどう？」

「ふーむ……セルロイドっぽいな。デザインもいいし、年代物でもある。五ドルか六ドルかな」

ということは、ブルックとの交換《こうかん》で、わたしは損《そん》をしたことになる。

でもいいの。このうずまきボタンが気に入ったから。

牛乳《ぎゅうにゅう》を飲みながら、ふと気がついた。ハンクはべつにわたしのとなりにすわる必要《ひつよう》はなかった。それに、ボタンの価値《かち》について教えてくれる必要もなかったのだ。わたしの持ってるボタンからいいのを選《えら》んで、どんどん交換することもできたはず。

エリーならどう？　もしハンクみたいな知識《ちしき》があったら、わたしのボタンの中で高そうなのに飛《と》びついて、けっしてためらわないだろう！　ごっそりつかんで――。

ストップ！　頭に急ブレーキをかける。

エリーがどうするかなんて、実際《じっさい》にはわからないでしょ？

もちろんわからない。それに、こんなふうに結論《けつろん》に飛んでいくのは、科学的《かがくてき》じゃない。

意地悪でもある。

それでも、まともな理論だ。〈おこないが美しい人が美しい〉っていうことわざがあるじゃない。〈親切〉って言葉に置《お》き換《か》えてもいいよね。

エリーが自分のテーブルからわたしを締《し》めだしたことは？

親切じゃない。

考えてみれば、いつだってエリーのいうとおりにやってきた。文句《もんく》もいわず、いやだとも思わずに。今日初《はじ》めて反発したら、バン！　って切られたの。

そう……だよね。ハンク。

ふり向いて、魚の形をしたセルロイドのボタンを熱心《ねっしん》に見ているハンクをながめていたら、ずっともやもやしていた気持ちがはっきりしてきた。

今は、親友なんて必要《ひつよう》ないのかもしれない。

いい、いい友だちがいればいいんじゃないのかな。

14　半分こ

土曜日の午後。これからハンクとボタン探《さが》しをする。

パパはハンクを気に入っている。ふたりとも数字が大好《だいす》きで、物がなにでできているかといった物質科学《ぶっしつかがく》も好きなのだ。四年生のとき、ハンクがクモの糸は同じ太さの鋼鉄《こうてつ》の糸の五倍も強く、ケブラー繊維《せんい》はそれよりもっと強い、という話を始めたときから、パパはハンクのファンになった。パパはもう知っていた事柄《ことがら》だけど、すごいなって感動したのね。ハンクはそれから、三つの異《こと》なる物質の比重《ひじゅう》と、それぞれの分子がどのように結合《けつごう》しているかについて話し始めた。つぎに、あるチョウの羽はおかしな構造《こうぞう》になっているのに、しなやかに力強く動かせるのはどうしてかという話を始めたとき、パパの気持ちは固《かた》まった。ハンクとうちのパパは科学仲間《なかま》になったのだ。

今日、ハンクとボタン探しをすることになったのは、きのうの昼休み、サラとあと三人が、わたしのすてきなボタンと自分たちのボタンを交換《こうかん》してもらおうと、行列を作ったことがきっかけだ。わたしはハンクに、大きいボタンがほしいな、うずまきボタンみたいにすばらしくなくてもいいから、大きくてちょっとおもしろければいい、といった。

そうしたら、ハンクはわたしのボタン交換《こうかん》アドバイザーになった。

カフェテリアを出るころには、わたしは大きいボタンを四個《こ》手に入れていた。セルロイド製《せい》のが三個、あと一個はベークライト製で、彫《ほ》りのもようがついている深緑色の美しいボタンだ。ハンクのおかげで、わたしが手放したのは、小さめの独特《どくとく》な形のボタン五個だけだった。

廊下《ろうか》に出て、わたしが算数の教室へ、ハンクが体育館へ向かおうとしたとき、ハンクがいった。

「いいボタンが見つかるかもしれない場所を思いついたんだ。集めるためでも交換用でも、どっちにも使える。いっしょに探《さが》さない？」

ハンクの言葉でうれしかったのは、「いっしょに」といってくれたところ。こんなにうれしい言葉はないよね。

もちろん、うんといったら、ハンクはその場所を教えてくれた。へえ、いいかも。

そんなわけで、今日、ハンクのお母さんの車の後部座席《ざせき》に乗りこんだのだ。

「ハーイ、ハンク。こんにちは、パウエルさん」

「こんにちは、グレース。去年の十月の学校公開日に会って以来《いらい》じゃない？　ずいぶん背《せ》が高くなったわね！」

大人はいつもこんなことをいうけど、どう答えたらいいかわからない。

ハンクが横目でお母さんを見た。

「当ったり前だろ、母さん。もう一年たつんだよ。グレースが縮《ちぢ》むわけねーだろ」

「もっとふつうの言葉で話しなさい、ヘンリー」

「ハ、ハ、ハンク（ハンクはヘンリーの愛称《あいしょう》）だよ」

パウエルさんは車をバックさせてうちの敷地《しきち》から出ると、運転しながらミラーごしにわたしを見た。

「ハンクがいっていたけれど、学校でボタンがはやっているのは、グレースがきっかけなんですってね。メーン州の古い縫製《ほうせい》工場で見つけたいろいろなもののことも聞いたわ」

「マサチューセッツ州だよ、母さん」

「ああ、そう――マサチューセッツ。みんながこんなにボタンに夢中《むちゅう》になるなんて、意外だったでしょう？　でもね、ボタンに魅了《みりょう》される人って、けっこういるのよ！」

「おもしろいね、母さん」

ハンクは助手席《じょしゅせき》からふり向いた。「それで、お金持ってきた？」

「十五ドル。ハンクは？」

「同じくらい。それだけあれば十分だろう。でもボタンを売ってるかどうかは行ってみないとわからない。家庭用品の中古品セールをやっているところをインターネットで検索《けんさく》して、三か所見つけたんだ。まず最初《さいしょ》のところへ行ってみよう」

パウエルさんがハンクにさっと目をやった。

「三か所？　シェリダン・グローブの店だけだと思ってたわ。もう二十分も走ってるから、ウィスコンシン州へ行っちゃうわよ！　クリフトン・ウッズのアンティークショップかなにかに行ったらどう？」

「アンティークショップは高いんだよ。掘《ほ》りだし物《もの》を探《さが》してるから、安売りの店に行きたいんだ。シェリダン・グローブはウィスコンシン州の近くなんかじゃないし」

車はもう四十分以上《いじょう》走っていて、パウエルさんの顔はくもっている。ハンクが教えた住所に着いたときには、もっと顔がくもった。

「キャリーのリサイクルショップ？　なんだかぼろぼろね！」

「だいじょうぶだよ、母さん。グレース、行くぞ」ハンクは車のドアをあけた。

「待ちなさい――子どもだけで行っちゃだめよ！」

「わかった。だけど、まずぼくらが入るから、母さんはあとから来て。離《はな》れててよ、いいね？」

お母さんが傷《きず》ついた表情《ひょうじょう》になったので、ハンクはすぐにこういった。

「変《へん》なこといってごめん。つまりこうなんだ。母さんはお金を持ってるように見えるし、実際《じっさい》持ってるだろ？　そういう人はこんなところで安売りのものなんか買わないからさ」

お母さんはハンクを見つめた。

「どうしてそんなことがわかるの？」

「調べたから」

わたしはママといっしょに何回もガレージセールへは行ってるけど、リサイクルショップに入ったのは初《はじ》めてだ。だだっ広くて天井《てんじょう》が低《ひく》い。女の人が三、四人、中には子ども連《づ》れの人もいて、長い陳列棚《ちんれつだな》のあいだを歩きながら、品物を取ったりもどしたり、シャツやコートやワンピースを子どもに当ててみたりしている。男性《だんせい》のふたり組もいた。洋服はいいのばっかりだ。わたしが手に取って見たトップスやスカートは、エリーだって気に入ると思う。そのときハッと気がついた——この洋服、何着かは本当にエリーのものだったかもしれない。でも飽《あ》きちゃって、新しいのを買いにロンドンやパリへ飛《と》んでいったんだ。ああ、また意地悪なことを考えちゃった。頭から追《お》い払《はら》おう。わたしの土曜日をエリーに台なしにされたくない。

入り口のチャイムが鳴って、ハンクのお母さんが入ってきた。わたしたちを避《さ》けるようにしてうろうろし始めている。ハンクのいうとおり、お母さんはほかのお客とは全然雰囲《ぜんぜんふんい》気《き》がちがう。

「あっち行こう」ハンクがいった。指さした先には、天井《てんじょう》から手書きの看板《かんばん》がぶら下がっている。〈家庭用品——新着〉だって。

看板の下に行ってみると、品物はまだほとんど段《だん》ボール箱《ばこ》に入っていた。箱にはマジックペンで、リビング、一階寝室《しんしつ》、地下室、と書いてある。箱は床《ゆか》に無造作《むぞうさ》に置《お》いてあり、ふたがあいていて、ごちゃごちゃの中身が見える。他人の生活の不用品《ふようひん》を見ているんだと思うと、なんだか悲しくなった。

でもハンクはちがう。レーザービームみたいに目が輝《かがや》いている。

「グレースはあっちのほうから見ていって。ぼくはこっちから始めるから」

「わかった」

台所用品、ボードゲーム、パズル、おもちゃ、洋服、お皿やボウルやコップ、バッグ、工具、靴《くつ》やブーツ、シーツやタオル――ずいぶんいろいろある。この中からボタンを探《さが》すなんて、サッカーグラウンドで二十五セント硬貨《こうか》を探すのと同じだ。それ、前にやったことがあって、結局《けっきょく》見つからなかった。

それでも、なんとなくパターンというか、この家の間取りがわかってきた。バスルームは二つ、たぶん一階と二階にあったんだろう。なぜなら、バスルーム用品の段《だん》ボール箱《ばこ》がふた箱あるから。それから、四箱の段ボールにリビングって書いてあるから、もちろんリビングもあったんだよね。もしこれがわたしの家だったら、裁縫道具《さいほうどうぐ》はどこに置《お》くかな？そんなことを考えながら、十箱近く段ボールをチェックしていたら、ふたに「一階廊下《ろうか》の物置《ものおき》」と書いてある箱を見つけた。あそこに行かなくちゃ。ほかの箱に足をつっこまないように気をつけながら。ようやくその箱をのぞくと、体があたたかくなるのを感じた。一階廊下の物置は、明らかにこの家のがらくた入れだ。どこにも置きようのないものをつっこんでおくところ。うちだったら、台所の引きだしがそれに似《に》てる。洗濯室《せんたくしつ》の物入れもそう。地下室の半分も。

この物置《ものおき》に入っていた品物は段《だん》ボール箱《ばこ》三個分《こぶん》もある。ふた箱めに裁縫道具《さいほうどうぐ》が入っている、丸いかごがあった。でもそんなに大きくなく、直径《ちょっけい》十五センチ、深さ十センチしかない。

かごの底《そこ》にボタンがいくつかあった。二十個《こ》くらいでほとんど小さな白いボタン。

これだけ。

段ボール箱にはたたんだ布《ぬの》も何枚《なんまい》かあったけど、ほとんど古くて黄ばんでいたり、ぼろぼろになっていたりした。でも、紺色《こんいろ》の地に黄色いアヒルがプリントされている布を見つけたので、よく見ようと持ちあげると、下に大きな丸いクッキー缶《かん》があった。ふたには雪景色《ゆきげしき》の絵がついている。絵の上に緑色のマジックペンでなにかが書いてあった。たったひとこと、「ボタン」と。

一時間後、わたしたちはハンクの家の地下のプレイルームで、少なくとも二千個のボタンを卓球台《たっきゅうだい》に広げていた。結局《けっきょく》あのリサイクルショップにしか行かなかったので、ハンクのお母さんはほっとしていた。そして今、目の前には大量《たいりょう》の新しいボタンがある。

「まず、材質《ざいしつ》によって分類《ぶんるい》しようと思うけど、いい？」と、ハンク。

「もちろん――それがいいと思う」

分類はハンクが責任《せきにん》をもってやりたいみたいだし、わたしもそれでいい。ハンクは卓球《たっきゅう》台《だい》のいろいろなところにマスキングテープを貼《は》りつけ、マジックペンでなにかを書き始めた。

「よし、それじゃセルロイドのボタンはここ……ここはベークライト……ルーサイト……植物象牙《しょくぶつぞうげ》……磁器《じき》――」

「植物象牙？　なにそれ？」

「タグアヤシの種《たね》から作った象牙の代用品。タグアヤシは熱帯《ねったい》地方で育つんだ」

「ルーサイトは？」

「透明《とうめい》で固《かた》いプラスチックだよ。それで、ここが磁器……ガラス……真珠貝《しんじゅがい》……革《かわ》……骨《ほね》……木」

「骨って、本物じゃないんでしょう？」

「本物さ――シカの角が使われてたこともあるけど、ほとんどは牛の骨」

ハンクはボタンの山をながめまわすと、一つを手に取った。

「うわあ！　ほんとにあるとは思わなかったけど、見てみな！　これが骨《ほね》だよ」

そういって、手のひらに十セント硬貨《こうか》くらいの大きさのボタンを一つのせた。あわい黄色がかった色で、スマイルマークの目みたいな大きな穴《あな》が二つある。

「これ、たぶん手作りだな。一八五〇年代だろう。穴の大きさがちがうだろう？　だから機械《きかい》で作ったんじゃないっていえるんだ。大きい虫メガネで見れば、血管《けっかん》が流れていたあとが筋《すじ》になってるのが見えるよ――プラスチックみたいになめらかじゃないんだ」

ちょっと気持ち悪くなってきた。だけど科学っておもしろい。牛の骨でできたボタンなんて、だれが知ってた？

知ってたのはハンク・パウエル。

なにを探《さが》せばいいかがわかると、分類《ぶんるい》はどんどん進んだ。ハンクはいい先生だ。わたしはすぐに、植物象牙《しょくぶつぞうげ》とベークライトのちがいが、目をつぶっていてもわかるようになった。だいたいはね。

それから、ハンクは知らないことについては知ってるふりをしない。それもいい点だ。

分類しながら、まちがっていないかたしかめるために、ハンクはしょっちゅう手を止めて、インターネットで調べものをした。

分類《ぶんるい》が終わると、ふたりでボタンを分けることになった。

「じゃ……グレースが最初《さいしょ》に選《えら》ぶ？　それともぼく？」

ハンクはちょっと神経質《しんけいしつ》になってるみたい。最初の約束《やくそく》は単純《たんじゅん》で、ふたりで見つけたものは、半分こにするっていうものだった。

それでわたしはにっこりしていった。「最初に選んで」

ハンクがほしいボタンを取っていいって、わたしはもう決めていたの。ボタン集めに夢《む》中《ちゅう》になってるし、リサイクルショップのことを思いついたのはハンクなんだから。それに、わたしはこれ以上《いじょう》ボタンはいらないかな。うん、もう全然《ぜんぜん》いらない。

それでもわたしたちは、材質《ざいしつ》で分けたグループからグループへ、かわるがわるボタンを選んでいった。わたしもすてきなボタンをたくさん取った。そうすれば遠慮《えんりょ》してるなんて思われないでしょ。ハンクだって遠慮なんかされるのいやだろうし。

ボタンのことで、こんなにキラキラしているハンクの顔を見るのは楽しい。

それにすごくやさしいの。自分でも絶対《ぜったい》ほしいに決まってるボタンを、わたしにくれようとしているんだもの。

「このワインレッドと象牙色《ぞうげいろ》の八角形のボタン、ほんとにいらないの？　古典的《こてんてき》なツートンカラーのベークライトだよ。彫《ほ》りのもようも見てよ。ふちも——全然《ぜんぜん》すりへってないし！」

「ありがと。だけどもっと明るい色のがいいの」

なんてやさしいの！

すると、頭の中で警告《けいこく》のベルが鳴りひびいた。

〈やさしい〉なんて言葉、めったに使わないのに、この三十秒のあいだに二回も使ってる。

わたしは、どの真珠貝《しんじゅがい》のボタンにしようか迷《まよ》っているハンクを、そっとうかがった。

たしかにわたしは、ハンクが好《す》き。かわいいし……背《せ》が高くて細くて、ちょっと遠慮《えんりょ》がち。黒い髪《かみ》と黒い目、まっすぐな鼻、よく笑《わら》う口。全部いい。でもそれにもまして、ハンクは……頭がいい。頭のよさは主に目にあらわれている。いつもなにかを考えている目だ。

ハンクもわたしの外見が好きだと思う。でも、だからわたしたちが友だちでいるわけじゃない。

わたしたちは行ったり来たりして真珠貝《しんじゅがい》のボタンを分け、ガラス、磁器《じき》、革《かわ》、セルロイド、骨《ほね》のボタンも分けた。

骨のボタンは五個《こ》しかなかったので、ハンクに全部あげた。コレクションにするためにね。するとハンクは、ボタンが入っていた古い缶《かん》は、わたしが見つけたんだからわたしが持っているべきだといった。

半分こ。

終わったころ、ママが車で迎《むか》えにきた。ボタンの入ったクッキー缶をひざにのせて車にゆられながら、今日の午後のことを考えていた。

エリーのことも考えた。

夏休み以外《いがい》のふつうの土曜日には、いつも少なくとも二時間はエリーと過《す》ごしていた。電話をかけてきて、こんなことをいうのだ。靴《くつ》を買いにいくんだけど、いっしょに来ない？　とか、あの新しい映画観《えいがみ》たいんだけど、いっしょに行く？　とか。エリーといっしょにいるときって、エリーがやりたいことをやっているあいだの付《つ》き添《そ》いみたいなものだ。

それもなんだかなつかしい。

でも今日はよかった。わたし、ハンク、たくさんのボタン。この三つの要素《ようそ》がうまく混《ま》ざりあっていた。

要素が結《むす》びつくと、実際《じっさい》には変化《へんか》するのではなく、結合《けつごう》して新しい化合物になる。水素と酸素《さんそ》が結合して水になるように。

ちょうどそんな感じ。

今日の新しい化合物を言葉であらわすとしたら?

九十九パーセントの楽しさと、一パーセントのやさしさ、かな。

15 おじいちゃんとのメール

【おじいちゃん】
日曜日　19：47

おじいちゃん、こんにちは。

やあ。元気かい？

元気。おじいちゃんは？

こっちはだいじょうぶだ。午後じゅう、トマトの残《のこ》りを収穫《しゅうかく》してた。やっとすわって、ほっとひと息だ。

聞きたいことがあるの。ボタンのこと。

へえ、いったいどうした？　:)

おばあちゃんは家のどこかにボタンをしまってあると思う？　まだおばあちゃんのもの、取ってあるでしょう？

おじいちゃん？

すまない。ああ、おばあちゃんのものは全部取ってあるよ。二階のおばあちゃんの部屋にあるはずだ。もうずいぶんあの部屋には入ってなくてな。

そっか。じゃ、もういいから気にしないで。ボタンならすっごくたくさんあるから！　先週、うちにあるボタンの写真を撮《と》ったの。きのうはハンクっていう子とリサイクルショップへ行って、ボタンのつまった大きな缶《かん》を見つけたよ。一つの家族の長年にわたる歴史《れきし》だね。それでわたし、比《くら》べたくなったの。この写真はわたしが撮《と》ったハムリン家のボタン。

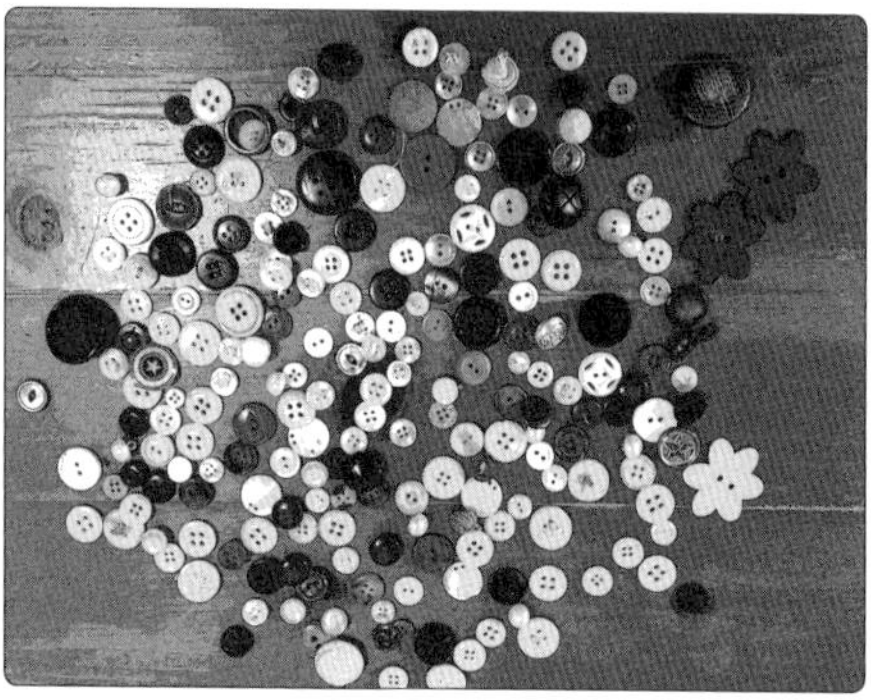

そしてこれは、リサイクルショップで買ったボタン。

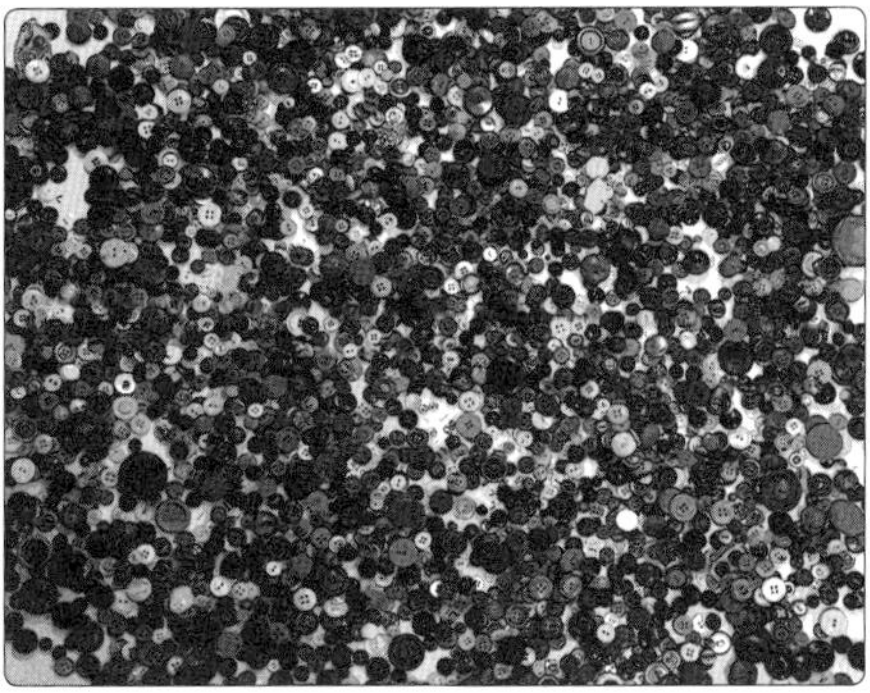

おもしろいでしょう?

すごい。小さな墓《はか》みたいだな。ボタンが取れたら、墓に投げ入れる。

それじゃあまりにも悲しいよ、おじいちゃん。まあ、わかるけどね。でもわたしは、コレクションって呼《よ》ぶことにするの。

コレクション、永眠《えいみん》の地、墓《はか》――どれも似《に》たようなものだ。正確《せいかく》にいえばそうだろう、グレース。

でも暗くて悲しい……メールだけどおじいちゃんの声が聞こえるよ――わかるでしょ？　ね、こう呼《よ》んだらどうかな……タイムカプセルって。

それはいい。家族のボタンのタイムカプセルだな。

うん、ずっといいよね。

ハンクって子はいいやつなのかい？

すごくいい子。パパも気に入ってるの。

それはすごい！　よかったらくわしく……

エリーのこと、覚《おぼ》えてる？

もちろん。ミス・エマソンのことは忘《わす》れられないさ。

あのね、もうエリーとは親友じゃなくなったの。ただの友だちでもない。ハンクは前はエリーの〈お眼鏡《めがね》にかなった子〉リストに入ってたけど、今はエリーとはしゃべってなくて、いつもわたしといっしょにいる。今のところそんな感じ。

ほう、もう気に入った。

ハンクはチョウやガのすばらしいコレクションを持ってるの。そして今はボタンに夢中《むちゅう》。

グレースが帰った三日後に、オオカバマダラが十四匹《ひき》、うちの庭を通ってメキシコへわたっていった。メキシコへ着くまでに、二、三回世代交代するんだ。信《しん》じられないだろう？　おばあちゃんが庭のフェンス沿《ぞ》いに、むらさき色《いろ》のブッドレアを四本植えていたのを覚《おぼ》えてるかい？　オオカバマダラやアゲハチョウがあの花の蜜《みつ》を吸《す》いにきたんだよ。たいしたごちそうだ、今でもね。

おじいちゃんの声、また聞こえるよ。まだおばあちゃんのことを思いだしちゃうんだね。わたしもだよ。

グレースもか。うちととなりの家が離《はな》れていて助かるよ。しょっちゅうおばあちゃんに話しかけるのを聞かれずにすむからね。それから、メールでもおじいちゃんの声が聞こえるというが、おじいちゃんにもおばあちゃんの声が聞こえるんだ。じつはな、おまえと同じことをいうのさ。もう悲しむのはやめて、感謝《かんしゃ》の気持ちをもって、とな。自分を哀《あわ》れむなんてばかばかしい。いいかげんにしてちょうだい！

アッハハハ。わたしにもおばあちゃんがそういうの聞こえる！

でもまあ、だいぶましにはなってきているよ。あの古い工場の建物《たてもの》を買ったのがよかった。今週、建築業者《けんちくぎょうしゃ》と最初《さいしょ》の打ちあわせがある。屋根に設置《せっち》するソーラーパネルの仕様がわかったら、さっそくグレースに送るからな。どうだい、だいぶ進歩しただろう。悲しんでいる暇《ひま》なんかないんだ！

よかった。わたしもあの建物大好《だいす》きよ！　おじいちゃんが買う前は、あの建物、なにに似《に》ていたと思う？

さあ、なんだい？

お墓《はか》！

ハッハッハ――傑作《けっさく》だ！　一本とられたな！　今週はどんな予定だい？　大ニュースはあるかな？　課題《かだい》研究とか、発表とか、ハンクと手をつなぐとか？

はいはい、おもしろいね、おじいちゃん。今週はとくになんにもない。ボタンのことは別《べつ》だけど。学校で大ブームになっていて、びっくりするくらい。これからどうなっちゃうのか予想がつかない。

どうなろうと、おまえがその中心にいることになると思うよ。細かく記録《きろく》をとって、そのつどおじいちゃんに教えておくれ！　あの大量《たいりょう》のボタンは、まだ秘密《ひみつ》なのかい？

知ってるのは、おじいちゃん、わたし、ママ、パパ、ベン。それだけ。

だれにもいわないからな。

うん。大好《だいす》きだよ、おじいちゃん。

おじいちゃんもだよ、グレース。よくおやすみ。

おじいちゃんも工場の建物《たてもの》のこと、記録《きろく》をとって、すぐわたしに教えてね。

ああ、約束《やくそく》する！　おやすみ。

おやすみ。

16　ずっと簡単《かんたん》

「今朝はなんだかおとなしいわね」

「考えごとしてたの」

　ママはもっとしゃべってほしいみたいだけど、押《お》しつけはしないとわかってる。静《しず》かなのも好《す》きだから。

　とにかく、今考えてることをしゃべったら、ママは心配するだろう。ゆうべおじいちゃんとメールしてからずっと、わたしはまだお墓《はか》にこだわっていた。おじいちゃんはおばあちゃんがいなくなって、とてもさびしいんだ。

　今朝は学校に車で送っていってくれる？　と聞いたら、ママはいいわよって――どうしてとは聞かれなかった。バスの中の大さわぎがいやだったからだ。ボタン・マニアのギャングたちが、交換《こうかん》してくれといって飛《と》びついてくるような気がして。

　もっとも、まだボタンがはやっているかどうか、実際《じっさい》はわからない。

週末《しゅうまつ》のあいだに、ボタンなんてくだらないって、みんな思ったかもしれない。わたしが知らないうちに新しい流行が起きているかも。パソコンの画面にうかびあがるオンラインのはやりものが、みんなの頭からボタンを吹《ふ》き飛《と》ばしているかもしれない。

ボタンは全部、小さなお墓《はか》へ直行。

「おばあちゃんは今どこにいると思う？」

ママは車の列から目を離《はな》さずに、かすかにほほえんだ。わたしがこんなことを聞いても、少しも驚《おどろ》いたようすはない。

「わからないわ、グレース――はっきりとはね。まだおばあちゃん自身でいるのか、まだどこかにいるのかっていうことなら、ええ、そう信《しん》じてるって答えるわ。でも、太陽が毎朝あらわれるのと同じかっていうと、それはわからない」

「じゃ、どうしてまだおばあちゃん自身でいるって信じられるの？　おばあちゃんはまだ生きてるけど、どこか別《べつ》のところで――たとえば天国でとか、そう思ってるってこと？」

車は信号の渋滞《じゅうたい》にはまってしまい、緑にかわってもちょっとずつしか前へ進めない。ママはよく考えてから、話しだした。

「この話、前にもしたかどうか覚《おぼ》えていないけど、ママがまだ二十歳《さい》くらいのころのこと。大学の授業《じゅぎょう》で、教授が教室のみんなに、目をとじて静《しず》かにすわってくださいといったの。それからこういったの。『みなさんの知っている世界が、まわりから消えてしまったと想像《そうぞう》できますか？』わたしはたやすく想像できた。教授はまたいったの。『みなさんの体は教室のいすにすわっているのではなく、この世界のどこにも存在《そんざい》していないと想像できますか？』これも簡単《かんたん》に想像できたわ。教授は今度はこういったの。『今想像している思考をストップさせて、ずっとなにも考えないでいられると想像できますか？』しばらくのあいだすわって考えていたけれど、それは想像できないと思った——無理《むり》だって」

「そんな質問《しつもん》、変《へん》だよ！」

「そうね。教授の質問は、デカルトという哲学者《てつがくしゃ》の本から取ったものだったの。そのあとデカルトの書いたものをたくさん勉強したわ。でもあのときのことは忘《わす》れられない。だから、おばあちゃんもまだおばあちゃん自身でいて、思考していると信《しん》じてるの。グレースやベンや、パパやママや、おじいちゃんのことをまだ愛《あい》してるって」

「それじゃ……人は死んでも本当には死なないってこと？」

「そういうことは可能《かのう》だと思えるってことよ。たしかにそうかっていわれれば、わからない。そんなの、自分が死んだときに初《はじ》めてわかることでしょう。というか、死んでないときというか——思考がストップしてない、まだ自分自身でいるって感じたら、はっきりわかるんじゃない？　そのとき自分がどこにいるのか、どんな感じがするのか、それはまったくわからない。今はね」

「これは理論《りろん》だね」

「そう。理論」

わたしはだまった。車はまた動きだした。

ママが手を伸《の》ばしてわたしの腕《うで》をたたいた。

「こんな天気のいい月曜の朝に、なんて深いことを考えてるの」

「うん……ごめん」

「あやまることないわ。あなたのその考えて考えて考え抜《かんが》《ぬ》くところ、好《す》きよ。これまでも、これからも」

「ありがとう」

またしばらく沈黙《ちんもく》が続《つづ》いたあと、ママがこんなことを聞いた。

「おじいちゃんに、エリーとけんかしてるっていったの？」

「まあね——けんかは最近《さいきん》だけど」

「そうなの。小さいときからずっと仲《なか》よしだったじゃない」

「うん」

これ以上《いじょう》いうことが見つからなくて、だまってしまった。でも、こんな質問《しつもん》を思いついた。

「ママが六年生のときに友だちだった子で、今でも友だち付《づ》きあいしてる人いる？」

「ひとりもいないわ。うちの家族はオハイオ州からマサチューセッツ州に引《ひ》っ越《こ》して、それからイリノイ州へ行って、またマサチューセッツ州の別《べつ》の町へ引っ越してきたの。高校を卒業《そつぎょう》するまでそんなだったから、学校の友だちとずっとつながっているのはむずかしいわ。連絡《れんらく》をとろうと思えばとれるけど、いったんとぎれちゃうと、よっぽどのことがない限《かぎ》り、またつながることはないでしょうね。ママが高校を卒業したときには、フェイスブックもメールもなかったから。今ならずっと簡単《かんたん》だろうけど」

「そうだね」

ずっと簡単。

ずっと簡単って、いい考えだ。

ずっと簡単になったらいいのにって願《ねが》うものはたくさんある。今、この瞬間《しゅんかん》も。

ただ、願《ねが》うということは科学的《かがくてき》じゃない。

「入り口に立ってるの、ハンク・パウエルじゃない？」

車は学校の正面の降車《こうしゃ》エリアに入っていた。ママは正しかった。

「うん、そう」

「よろしくいっておいて」

「わかった」

「じゃ、楽しい一日をね。いつもパパに心配ばかりしないでっていってるでしょう？　自分にもそういってあげたら？」

「わかった。送ってくれてありがとう」

「どういたしまして――愛《あい》してるわ、グレース」

「わたしも。じゃあね」

「じゃあね」

車は行ってしまった。ハンクがにこにこしながらこっちを見て手をふっている。

わたしも笑《わら》い返《かえ》した。でも、笑顔《えがお》にはもう一つ理由がある。今日の学校は、思っていたよりましになりそうだから。

ずっと簡単《かんたん》だよね。

17 触媒《しょくばい》

「バスで、すごくいい条件《じょうけん》で六回交換《こうかん》したよ！」

週の初《はじ》めなのに、ハンクは開口一番こういった。おはようでも、元気？　でもない。それで、みんなのボタン熱《ねつ》はまださめていないとわかった。少なくともハンクは。ハンクがこんなに興奮《こうふん》しているの、初めて見た。

「金曜日にさ、何人かがビニタイにボタンを通して束《たば》にしてるのを見て、ぼくも土曜日に買った安いボタンで、二十束作ってみたんだ。そっくりまねしてさ」

「ああ、わたしもそのボタンの束見た」

「今朝、そういうボタンの中でいいのないかなって探《さが》してたんだけど、一束に一個《こ》くらいしかいいのないんだよ。それで、いいのが入ってる束を見つけたら、ぼくのボタン二束と、その一束を交換しないかっていってみた――特別《とくべつ》な一つを手に入れるためにね。そしたら効果《こうか》てきめん！　しかもそれだけじゃないんだ。そのお目当てのボタンを束からはずしたあと、ふつうのボタンを加《くわ》えておく。そうしておけば、また交換用《こうかんよう》の十個入《こい》りの束《たば》になるわけ！　すごいだろ？」

　わたしはうなずいたけど、同時に頭の中で計算していた。ハンクの説明《せつめい》は、整然《せいぜん》とした方程式《ほうていしき》になる。二十束引く交換に出した二束＝十八束。そこへ一束たすから十九束。それ引く二束＝十七束。たす一束＝十八束――そうしていくと、最後《さいご》に一束残《のこ》る。こういうのを数学用語でなんていったっけ、再帰方程式《さいきほうていしき》？

「今のところまだ十四束残ってる。六回交換して、そのうちの三個はすばらしいんだ！　二束を一束と交換するのを十九回やるつもり！　すごくない？」

「ほんと！　頭いい！」

　ハンクの言葉に、思わずにやにやしてしまった。お兄ちゃんのベンは新しいクラリネットにメロメロになるし、おじいちゃんは古い工場に興奮《こうふん》してるけど、ハンクはほとんど爆発《ばくはつ》してる！

　ハンクは大きく息をすると、困《こま》ったような表情《ひょうじょう》になった。もしかしてわたしが変《へん》な顔をしていたのかな？　そうではありませんように。

　ハンクは落ち着いて、まじめな口調でいった。

「でもね、これができるのもホームルームが終わるまでなんだ。スコット先生が新しい規則《そく》を作ったから。国語の教室にはボタン持《も》ち込《こ》み禁止《きんし》。授業《じゅぎょう》には持ち込めないから気をつけて。で、グレースはどんな感じ？　今日のボタン計画は立てた？」

「ううん、まだ。でもチャンスを見のがさないように注意しておくね」

そうはいったものの、今日はボタン集めについてはどうでもよくなっていた。

そのかわり、みんなのボタン熱《ねつ》がどうなるのか、そっちが気になっている。逐一記録《ちくいちきろく》をとっておくって、おじいちゃんに約束《やくそく》したし！

ハンクといっしょに六年生の教室のある廊下《ろうか》へ向かいながら、まず気がついたことは、男の子たちが今日はもう、ベルトにボタンの束《たば》を引っかけていないということだった。ひもで小さな輪《わ》を作り、そこに束を通している。なるほどいい考えだ。束がいろんなところにぶら下がっていると、うっとうしいもんね。

それから、二年生と三年生が廊下の五か所に固《かた》まって、手のひらいっぱいのボタンを比《くら》べたり交換《こうかん》したりしているのを見た。つまり、ボタン熱が低学年《ていがくねん》にまで広がっているということだ。

「ハンクの妹って、何年生だっけ？」

ハンクはうめいた。「三年生。このあいだ母さんに、部屋にカギをつけてくれってたのんだよ。ハンナのせいで頭がおかしくなりそうなんだ」

「ハンナは、学校へ持っていくからあまってるボタンちょうだいっていってた？　ハンクみたいにボタン集めに興味《きょうみ》あるの？」

「全然《ぜんぜん》――興味ない。それより変人《へんじん》科学者タイプだな。先週なんか、五体の人形の頭と両手両足を引《ひ》っこ抜《ぬ》いて、別々《べつべつ》の胴体《どうたい》にはめこんでた。母さんは超《ちょう》びびってたけど、心配いらないよっていってあげたよ。持ってる人形に飽《あ》きたら、組みあわせを変《か》えるのはかしこいやり方だからね。ハンナは新しい小さなフランケンシュタイン人形を、五体手に入れたわけ！」

これには笑《わら》っちゃった。エリーといっしょにいたとき、こんなふうに笑ったことあったっけ？　あったけど……めったにない。

わたし、ハンクとエリーを比《くら》べたいの？　そんなことない。

でも、そういうことが続《つづ》いてるよね。

こんなにあれこれ考えるの、やめられたらいいのに。そう考えると、もっと考えちゃう。

ハンクも考えていた。

「ボタンに夢中《むちゅう》になってるやつ、何人くらいいるのかな？　今のところはっきりしてるのはひとりだけ——ぼくだ。ぼくは〈狩猟採集民《しゅりょうさいしゅうみん》〉。あと、あいつみたいなのもいる」

ハンクが指さした男の子は、靴《くつ》ひもの輪《わ》っかにボタンの束《たば》を四十から五十通している。

「ああいうのは、〈よくばり〉って呼《よ》ぼう。たくさんほしがるタイプなんだ」

「交換《こうかん》は？　ボタンそのものが好《す》きっていうより、取り引きすることが好きな人は、なんて呼ぶ？」

「そうなんだよな——交換が好きなやつは別《べつ》の種《しゅ》だな」ハンクはうなずいた。

「あとね、色マニアも三、四人見かけたよ。ある一種類《しゅるい》の色のボタンだけを集めてるの」

ハンクはにっこりした。「メタルボタン好きもいる」

「そうそう、軍隊《ぐんたい》のメタルボタンマニアは亜種《あしゅ》ね」そして、何気ないふりをして聞いてみた。「エリーはどう？　どんなジャンル？」

「ふーむ……手作《てづく》り派《は》かな？　アクセサリーを作ってるだろ？　だけど……エリーがみんなに、昼休みにボタンを持ってきてっていったのが、ボタン交換のきっかけになったよな。で、先週エリーが最初《さいしょ》に作ってきたブレスレットで、みんながとりこになった。そう考えると、エリーは流行仕掛け人《しかけにん》って呼《よ》んだほうがいいかな。みんなが流行を追っかけるんだ」

ちょっとドキドキしたけど、つぎにこう聞いた。

「じゃ……わたしは？」

「グレース？」

ハンクは言葉を切った。どうしよう、変《へん》なこと聞いちゃったかな？　かわいいふりをしてるって思われてたらどうしよう？　それとも、わたしなんか——。

「わかった——グレースは〈触媒《しょくばい》〉だ！　ジャンルじゃないけどね。だって触媒はひとりしかいないんだもの。グレースがすべての始まりさ。先週昼休みの終わりに、みんなにボタンをあげただろ？　あれが重要《じゅうよう》だった！　グレースがいなかったら、こんなことなんにも起こっていなかったよ。ぼくもボタン集めはしていなかったし、ベークライトってなにかとか、ベークライトが、アールデコ調のボタンを作るのにどう使われるかも知らなかった。そもそもアールデコの意味も知らなかったしね！」

触媒か。

いいね。

うれしくて顔が赤くなりそう。

理科で習った言葉だ。触媒《しょくばい》はエネルギーを解放《かいほう》する。正しい触媒を加《くわ》えると、変化《へんか》が加《か》速《そく》する。たとえば、固体《こたい》が液体《えきたい》になったり、液体が別々《べつべつ》の気体に分解《ぶんかい》したりする。

もちろん、触媒を加えたために、爆発《ばくはつ》が起こり、実験室《じっけんしつ》を破壊《はかい》してしまうこともある。

そう……触媒グレース。

わたしたちは美術室《びじゅつしつ》の掲示板《けいじばん》の前で立ち止まった。ハンクはスコット先生のホームルームへ行かなければならない。ハンクがなにかいいたそうだったので、少し待った。

やっぱりそうだった。

「昼休みに会える？」

「いいよ」

「それでさ——今日はエリーを怒《おこ》らせないで。エリーは自分がすべてを仕切ってると思ってるけど、そうじゃない。グレースのほうが十倍もかしこいよ。十倍もいい子だしね」

最後《さいご》の部分は、ちょっとほほえみながら。

「ありがとう」わたしもにっこり。

そして、ハンクは自分の教室へ、わたしも自分の教室へ歩いた。

あれ……わたし、元気づけてほしいって顔をしてたのかな？

だって、ほんとにそうだったの。そして、ハンクの言葉は効《き》いた。元気が出てきた。

でも、ラング先生の教室に近づくにつれて、元気が消えていった。

今日はまだ準備《じゅんび》ができていない――エリーにどう向きあうか、ボタンさわぎにどう対応《たいおう》するか。もう、みんなみんな消えてしまえばいいのに。

願《ねが》うことは科学的《かがくてき》じゃないなんて、もういわない。

だけど、おじけづいて医務室《いむしつ》に逃《に》げこまない限《かぎ》り、ほかにどうしようもない。たしかなことはただ一つ。学校が始まれば、一日じゅう続《つづ》くだけ。

わたしの一日は、ホームルームから始まる。さあ、これからだ。

18　たかがボタン

エリーのことを心配する必要《ひつよう》なんかなかった。エリーはわたしにかまう暇《ひま》がないくらい、いそがしくしていた。

エリーのボタン・アクセサリーには、もうブランド名がついていた。〈エリー・オリジナル〉だって。ラング先生の教室の入り口近くに机《つくえ》を置《お》いて、ブランド名の看板《かんばん》を立てている。廊下《ろうか》を行き来する女の子は、ちょっと立ちよって、自分の持っているいちばんいいボタンと、エリーのネックレスやアンクレットや、もちろん最新《さいしん》のブレスレットと交換《こうかん》できる。

もしかして……お泊《と》まり会《かい》が当たる抽選券《ちゅうせんけん》も交換しているんじゃないの？

あ、また意地悪なこと考えちゃった。

だって、エリーのやりそうなことだもん。もっとも、それを考えつくだけ頭がよければってことだけど。

またまた意地悪な考えだ。

わたしはエリーの横をすりぬけて、教室へ入った。

二分たち、三分たち、エリーはまだお客さんといそがしくしている。

だけど……わざとわたしに気がつかないふりをしているのかも。

というのは、わたしもそうしているからだ。気づかれないように、エリーをチラ見している。たぶん、エリーもそうしているんだろう。

いや、そうしていないかも。

どっちにしろ、ホームルームで顔を合わせなければ、都合がいい。社会の時間まで会わないから。

ラング先生もこのボタン騒動《そうどう》に気がついているにちがいない。気がつかないわけないでしょ？　でも、先生の目はノートパソコンの画面から離《はな》れず、まるで今日は校長先生が十回も見にくるとでもいうように、授業《じゅぎょう》の指導案《しどうあん》を打ちつづけている。

窓《まど》の外には、校舎《こうしゃ》の横のアスファルト通路がよく見える。三年生、四年生、五年生の始業のベルはまだ鳴っていない。四年生の男子の一団《いちだん》が、線上に並《なら》び、アスファルトにチョークで描《か》いた的《まと》めがけて、ボタン投げをして遊んでる。的のいちばん中心近くに投げた子が、それ以外《いがい》のボタンを全部もらえるのだ。校庭ではみんなあちこちで小さなグループを作り、ボタンをとなりの子に回したり、ながめたり、あっちへやったりこっちへやったり、交換《こうかん》したりしている。ボタンをいじっている子のほうが、走ったりボール投げをしたり、ブランコやすべり台で遊んだりしている子よりも、ずっとたくさんいる。

ボタン！　この現象《げんしょう》がまだ理解《りかい》できない！　つい先週の水曜日、八人が昼休みにボタンをいくつか持ってきただけなのに。エリーのテーブルに。

たったの五日前だ！　なのに今ではこのさわぎ。たったの五日間でこんなことありえる？

答えはイエス。事実、校庭で、そしてこの教室で、その証拠《しょうこ》を目撃《もくげき》している。実際《じっさい》に起こっているのだ！

「おはよう、グレース」

「あ――おはよう、ブルック。元気？」

「元気」

「それで、エリーの家に泊《と》まりにいったの？」

半分冗談《じょうだん》のつもりだったのに、ブルックには通じなかった。ブルックは首をふり、入り口のほうにちらっと目をやった。

「エリーは話しかけてもくれないし、こっちを見てもくれない」

「そう。わたしたちふたりとも、今日は透明人間《とうめいにんげん》になっちゃったんだよ！」

ブルックはまったく笑《わら》わない。

こんな冗談《じょうだん》ばかりいうんじゃなかった。ブルックには。

「エリーは土曜日にテイラーをお泊《と》まり会《かい》に呼《よ》んだの。きっとあたし、エリーをすごく怒《おこ》らせちゃったのよ。だけどグレースがいったとおり、あたしはまだこの条件《じょうけん》でいいっていってなかった。いってなかったのよ！」

「あのう、あのときいきなり割《わ》りこんじゃって、本当にごめんね。あのうずまきもようのボタンがほしくて、ちょっとやりすぎちゃった」

「いいの。だってたかがボタンじゃない。そんなもののために、怒ったり意地悪したりする人がいたとしても、それはあたしのせいじゃないよね？」

「うん」

でも、ブルックは自分のせいだと思ってる。ブルックがそう思うように、エリーが仕向けてるんだ。

エリーは自分の頭の中の太陽系《たいようけい》の中心にいる。ブルックとわたしはというと、迷子《まいご》になった衛星《えいせい》の陰《かげ》の、寒くて暗いところにいて、おでこに大きなラベルを貼《は》りつけてる。


エリーはもう友だちではありません。

すべてわたしが悪いんです！


だけど実際《じっさい》……この状況《じょうきょう》がだれかのせいだとしたら、それはわたしのせい。

あのボタンを手に入れようと割《わ》りこまなかったら、わたしたちはまだ友だちだっただろう……少なくとも、いつものようにおしゃべりしていただろう。

そして、いっしょに昼ごはんを食べる。エリーのテーブルで。

それはべつにいやなことじゃない。どっちかというとうれしいことだ。

たぶん。

ブルックはというと？　あの子はまったく悪くない。わたしとエリーのいさかいに巻《ま》きこまれてしまっただけ。まるでわたしがブラックホールをこしらえて、その引力でみんなを引きずりこんでしまっているようだ。

「はい、これ」わたしはポケットからうずまきボタンを取りだしてわたした。「エリーに、まだブレスレットやなにかとこのボタンを交換《こうかん》したいかどうか、聞いてきて。そうすれば仲直《なかなお》りできるでしょう」

「だけど……これ、グレースのじゃない」

「そうだけど、ブルックのいったとおり、こんなのただのボタンよ。そうしてくれたら、わたしもすごく気が楽になるから」

ブルックが笑顔《えがお》になって、さっきまでとは別人《べつじん》みたいに見える。

「よかった。ありがとう、グレース！」

「どういたしまして」

見ないようにはしてたけど、ブルックはエリーの店へ行って順番待《じゅんばんま》ちをしていた。そして、なにやら話をして、交換して、エリーが立ちあがってブルックを軽くハグした。

わたしはまた外に目を向け、三年生と四年生がボタンを交換したり、あちこちへ回したり、投げたりしているのをながめた。

本当に、気分が楽になってきた。

その日一日じゅう、気分がよかった。エリーとは社会の授業《じゅぎょう》でいっしょだったし、昼休みも見かけたし、体育と国語もいっしょだった。話はしなかったけど、何回か笑《わら》いかけてきたような気がする。

終業のベルが鳴る五分前、ホームルームでブルックがわたしの席《せき》にやってきた。新しいブレスレットをつけている。紺色《こんいろ》のリボンに白いボタンがついたものだ。

「エリーに、これをわたしてっていわれたの。じゃ、またあした。ほんとにありがとうね！」

それは封筒《ふうとう》のように折《お》りたたまれた紙で、外側《そとがわ》にメモが書いてあった。エリーの完璧《かんぺき》な筆記体だ。

　ブルックに話を全部聞きました。
　これはグレースが持っていてね。

包《つつ》みをあけると、うずまきボタンが入っていた！

ところが……びっくり。

すっかりこわされて、三つのかけらに割《わ》れていたのだ。

19　傷《きず》あと

怒《おこ》らない、怒らない、怒らない！　たかがくだらないボタンじゃない——ほっとけばいいよ！

たかがくだらないボタンだって、今朝そう思ったばかりだ——だからこそ、ブルックに簡単《かんたん》にあげて手放したんだ。わたしたちの宇宙《うちゅう》のバランスを元にもどしたかったんだ。

それがなに？　このボタンは、今までにエリーのやった不親切《ふしんせつ》なことすべてを象徴《しょうちょう》している。今までなんとかやりすごしてきたこと、わたしが思いつきもしなかったことを。

だって、エリーは突然《とつぜん》意地悪になったわけじゃない。おおっぴらにはわからないけど、長いあいだ、ちょっとした意地悪がまき散《ち》らされてきていた。

エリーがほかの子のことをなにかささやくと、わたしは笑《わら》っていた。変《へん》な服とか、鼻の形がおかしいとか、声が大きすぎるとか、話がばかみたいとか。

今、その意地悪がわたしに向けられてる。

たぶん、わたしはそうされても仕方がないんだろう。

だけど、わたしはどうしてエリーが好《す》きだったんだろう？　どうして親友同士《どうし》だと思っていたんだろう？

むずかしい問題だ。

そのときハッと気がついた。ほかの子からすれば、わたしもなんだか意地悪だと思われていたにちがいない。エリーの友だちだから！

毎日いっしょにいたから、エリーの意地悪がわたしにうつったのかな？　意地悪って、そうやって広がるの？　これって科学的《かがくてき》？

わたしはどのくらい意地悪になったんだろう？　わたしはエリーと友だちでいたいから、エリーのいうとおりにしていたの？

きっとそうだ。

でも、エリーがまるで極悪非道《ごくあくひどう》の人間みたいに考えるのは正しくない。いい面だって見てきた――たしかに。気前がいいところもある。やさしいところもある。かしこかったり、ばかなこともいったり、魅力的《みりょくてき》……そう、すごく魅力的だ。

おじいさんのスーツから取ったボタンの話をしたときには、あふれる感情《かんじょう》で言葉が出なくなった。あのときのエリーはほんとに魅力的《みりょくてき》だった！

だから、今回の……事件《じけん》、に対処《たいしょ》するには、意地悪な方法《ほうほう》を使わないようにしなくちゃ。

たとえなにがあっても、エリーにやさしく接《せっ》していかなくちゃ。

それとも、なんの反応《はんのう》もしないで、この事件が宇宙《うちゅう》のかなたへ飛《と》んでいって消えてしまうのを待ってもいいかな。

終業のベルが鳴ったとき、右手がズキズキしだした。なんだろう？　にぎっていた手を開くと痛《いた》みを感じた。

割《わ》れたうずまきボタンをぎゅーっとにぎりしめていたせいで、ぎざぎざのふちが手のひらに小さな赤いへこみを作り、とがったところが肌《はだ》に深く食いこんでいた。

傷《きず》あとみたい。

水は温度が氷点に達《たっ》するとたちまち氷になる。それと同じように、わたしはたちまち決心した――はっきりと、冷《つめ》たく、強く。

エリー、このままじゃ絶対《ぜったい》すまさないから！

20　ボタンラッシュ

「あのう……ブレスレット一本でボタン八個《こ》に交換《こうかん》してくれるって聞いたんだけど。それほんと？」

これはオードリー・ハーケンだ。ケイシー先生のクラスの子。すてきなボタンの入ったわたしのビニール袋《ぶくろ》を見つめてる。

「ほんとよ。好《す》きなボタン、どれでもいいの」

「うれしい――じゃ、これ！」

オードリーはカフェテリアのテーブルにブレスレットをポンと置《お》くと、ボタン選《えら》びにかかった。

わたしは特別《とくべつ》なボタンを少なくとももまだ百個は学校に置いてある。これは大人気だからよかった。それに加《くわ》えて、すばらしいビンテージのボタンがあと六袋もある。先週、エリーが昼休みにボタン・ショーをやったとき、トレイに出そうかと思っていた分だ。

オードリーが去《さ》っていくとき、わたしはいった。

「あなたのクラスの子に、わたしがブレスレットとネックレスをほしがってるって伝《つた》えてね。こっちはすごいボタンをたくさん持ってるからって！」

この気持ちのいい火曜日、わたしの新しいビジネスは好調《こうちょう》にすべりだした。〈グレースの豪華《ごうか》なボタン〉という看板《かんばん》を見て、みんなが寄《よ》ってくる。今のところ、手に入れたものはブレスレット九本、ネックレス三本、アンクレット一本――どれもエリーが作ったものだ。昼休みが終わるまでまだ十五分ある。うまくいけば今日一日で、〈エリー・オリジナル〉の品物はほとんどひとりのものになる。わたしのものに。

昼休みが始まってからハンクがずっと見ていて、その視線《しせん》を感じるし、なにかいいたいことがあるのも感じる。どうも反対しているみたい。それは、わたしの持ってる古くてすばらしいボタンが、どんどん減《へ》っているから、なんてことじゃない。ハンクにはもう前に、好《す》きなボタンを全部ただであげているんだもの。コレクションとして。

だから、それが反対の理由じゃない。

ハンクは、今なにか別《べつ》のことが起きてるってわかってるんだ。ハンクにはこわされたうずまきボタンは見せてないけど、わたしのやっていることには、鋭利《えいり》で荒《あら》っぽくておそろしい刃《は》がついていると、感じてるんだ。

ハンクは正しい。

だって、ボタンで遊んでいるわけじゃないんだもの。これは戦争《せんそう》だ。〈グレースの豪華《ごうか》なボタン〉と〈エリー・オリジナル〉の決死の戦《たたか》いなのだ。

まあ、ちょっと大げさかな。

だけど、なんて呼《よ》ぼうが、今のところわたしが勝ってる。

なんていい気分。

エリーが向こうのランチテーブルから、ちらちらこっちを見てるのがわかる。わたしがなにをしているのか、知りたいんだ。だけど、プライドがじゃまして、見にくることなんかできない。スパイを送りこむだけの知恵《ちえ》もないのかもね。わたしならそうするけど。

どっちみち、わたしがなにをしているのかわかっても、かまわない。エリーに止めることなんかできない。だって、持ってるボタンの数なら、わたしがたぶん世界一だろうから！

おや、新しいお客さん――ブルックだ。

「いい看板《かんばん》ね！　どんなボタンがあるの？」

「あら、もう見たじゃない」

ブルックは、先週の金曜日、わたしがうずまきボタンと交換《こうかん》してほしいといったときに、さんざん見たはずのボタンの袋《ふくろ》を手に取った。

「このタツノオトシゴかわいい！　あ、もう一つある。完璧《かんぺき》なペアね！　これを見落としてたなんて信《しん》じられない！　これ、なにかと交換してくれる？」

「それじゃ、そのブレスレットがほしいな。タツノオトシゴ二個《こ》と、ほかに好《す》きなボタン六個でどう？」

「どうしようかな……このブレスレットはすごくいいものなの」

「うん、そう思う。やっぱりそれは持ってたほうがいいよ」

「そうね」

ほんというと、ブルックはもう巻《ま》きこみたくないんだ。

なのにブルックはまだ、ボタンの袋をのぞきこんでいる。

「うわあ――これ見て――ルリツグミみたい。どうしてこれは透《す》きとおっていて、タツノオトシゴは透きとおってないの？」

「ハンクに聞いたら？」

ハンクがフルーツサラダのカップから顔を上げた。ブルックはテーブルのいちばん向こうのハンクのところへ、ボタンを持っていった。

「ルリツグミのほうはセルロイドといって、プラスチックの仲間《なかま》だ。プラスチックはこんなに色があざやかについていても、光を通すからね。このボタンはとても古いもので、たぶん七十年はたっていると思う。タツノオトシゴはベークライトを彫《ほ》ったもので、ずっと密度《みつど》が高いんだ。でもやっぱりとても古いものだよ」

百点満点《まんてん》の答えだけど、ハンクはわたしのやっていることに関《かか》わらされて不満《ふまん》みたい。青いリボンに小さな白いボタンがついた、ブルックのかわいいブレスレットは、もう少しでわたしのものになりかけたし、ハンクはそれを知っている。ハンクはわたしの新しいビジネスに関わりたくないんだ。

ブルックがまたもどってきたので、わたしは一つ提案《ていあん》した。

「こういうのどう？　そのタツノオトシゴ二個《こ》と、ルリツグミと、ほかに七個つけて、すばらしい十個のボタンとそのブレスレットを交換《こうかん》するの。それくらいすてきなブレスレットだから」

「うーん……それならいいかも。うん、決めた！」

こんなふうにして、〈エリー・オリジナル〉の品物をまたゲットした。

ブルックが行ってしまうと、ハンクが昼食のトレイをかたづけにかかったけど、立ちあがるかわりに、テーブルのはしのわたしのところまで、いすをすべらせてきた。

「今まで、グレースがブレスレットとかのアクセサリーをつけてるの見たことないしさ、エリーがこういうのを作るのに使うボタンだって、べつにめずらしくも貴重《きちょう》でもないけど、なんでそんなの集めてるの？」

「簡単《かんたん》よ。わたしがエリーのものを全部持ってるってわかったら、エリーはいやな気持ちになるでしょ？　エリーには手も足も出せない。いい気味だわ」

「つまり……エリーのテーブルから追いだされた仕返しか？」

「それもある」

「ほかには？」

「ちょっと複雑《ふくざつ》なの。説明《せつめい》してたら一日かかるよ」

ハンクはちらっとわたしを見た。

「引力が惑星《わくせい》や衛星《えいせい》の軌道《きどう》にどう働《はたら》くか、計算方法《ほうほう》がわかったところなんだけど、その問題はそれより複雑なのか？」

「もちろん。エリーとわたしのあいだの問題は、数学の問題を解《と》くようにはいかないの。数学と同じだったら、世界中の戦争《せんそう》が一週間で終わってるわ！」

「じゃ……この戦争はいつ終わる？」

わたしは肩《かた》をすくめた。「わたしが勝ったら。そして、エリーが――」

「さわるなよ！」

ふり向くと、ケビンがコーディを突《つ》き飛《と》ばしていた。二列向こうのテーブルだ。ふたりの昼食のトレイにはボタンがたくさんのっている。

「それはおれのだって、知ってるだろ！」

コーディは飛びあがると、ケビンを突き返し、ケビンのトレイからなにかをつかもうとしたけれど、手がすべった。トレイは二枚《まい》ともテーブルから飛びだし、タイルの床《ゆか》に何百ものボタンが転がった。

「ケビン！　コーディ！　やめなさい！」

ケイシー先生と守衛《しゅえい》のロバーツさんが飛んできたけど、ケビンは立ちあがって両手でコーディにつかみかかり、ふたりは床に転がってもみあった。ケイシー先生とロバーツさんがふたりを引《ひ》き離《はな》すあいだ、ほかのみんなは叫《さけ》んだり言いあいをしたり、カフェテリアじゅうに転がっているボタンを追いかけたりした。まるで暴動《ぼうどう》だ。たったの三秒でこのありさま！

ハンクがまわりのさわぎに目をやり、つぎにわたしを見た。

「去年、クロンダイク・ゴールドラッシュ（カナダのクロンダイク地方で一八九六〜一八九九年にかけて起きたゴールドラッシュ）についてレポートしたとき、金鉱《きんこう》を探《さが》す人々や労働者《ろうどうしゃ》たちがどんなふうに争《あらそ》いを始めたか、本で読んだよ。このボタンラッシュもひどいことになりかけてるんじゃないか？　グレースのちょっとした戦争《せんそう》も、感心しないな」

ハンクはトレイを持っていってしまった。

ごもっともな注意を受けるのは苦手だ。

だってハンクは正しい――わたしはここで仕返しをしようとしているし、それは美しくない。

残《のこ》りの計画について、全部話し終わらなくてよかった。その計画とは、エリーのオリジナル作品が全部エリーに返される――小さく切られてぼろぼろになった姿《すがた》で――というものだったから。

そんな計画を聞いたら、ハンクはショックを受けただろう。

軽蔑《けいべつ》されていたかも。

だけどかまうもんか。論理的《ろんりてき》じゃなく、科学的でもないことはわかってる。理解《りかい》してるし、それでいいと思ってる。

なぜかって？　それは、エリー・エマソンがあの甘《あま》やかされた、わがままで、意地悪な生活の中で、一度も経験《けいけん》したことのないことを経験する必要《ひつよう》があるから。徹底的《てっていてき》に打ちのめされる必要があるのだ。

もうすぐそういう経験をすることになる。わたしのおかげで。

そのとき、頭の中でふつふつと疑問《ぎもん》がわいてきた。

追《お》い払《はら》おうとしても、こんな言葉がわいてきて、無視《むし》できない。

エリーに対する戦争《せんそう》に勝つという偉大《いだい》なことを成《な》し遂《と》げようとしているのに、どうしてこんなに心が痛《いた》むの？

21　台所で

ベンがリュックをいすにドサッと置《お》いて、立ったまま台所のテーブルを見ている。つぎに視線《しせん》がこっちに向けられた。

「いったいどうしたんだ、この食べ物のオンパレードは？」

「べつに。関係《かんけい》ないでしょ」

ベンはわたしの目の前の残骸《ざんがい》を調べた。

「ピーチヨーグルト一個《こ》、ミントチョコクッキー一箱、クラッカー一パック、チェダーチーズ半ブロック、トマトジュース二缶《かん》。これ全部、十五分で食っちゃったんだろ。こりゃ、万事順調《ばんじじゅんちょう》だな」

「関係ないでしょ！」

ベンは冷蔵庫《れいぞうこ》をあけた。「おっと――ヨーグルトがまだあった！」

ベンはテーブルの向かいに腰《こし》かけ、ヨーグルトのふたを取って食べ始めた。大きなスプーンで、ズルズルひどい音を立てている。わざとだ。

「気持ち悪い音、立てないで」

「こんなに食ったおまえのほうが、気持ち悪いよ」

ベンは静《しず》かに食べ終わったけれど、すわったままだ。わたしが話しださなければ、立つ気はないらしい。

じつは、わたしもベンが食べ終わるのを待っていた。

だけど、聞きたいことを聞いたら、あとはほっといてもらいたい。

「ねえ、流行ってどんな仕組みになってるのかわかる？」

ベンは軽くうなずき、ちょっと肩《かた》をすくめた。

「基本的《きほんてき》なことはわかるよ。新しいなにかが出てくると、みんなが夢中《むちゅう》になって、そのうち飽《あ》きちゃって、ブームは終わる。合ってるだろ？」

「合ってると思う。だけど、飽きるまではどのくらいかかるの？」

「ものによるな。ハンドスピナー（ボールベアリングを内蔵《ないぞう》した、手で回転させて遊ぶおもちゃ）の流行、見ただろ？」

「そうだね――わたしの学校でもちょっと前はみんな持ってきてたけど、今はだれも」

「だろ、高校でも同じさ。流行としては終わった。あれが相当長くはやったわけは、おもちゃ会社がどんどんモデルチェンジをしていったからなんだ。LED《エルイーディー》ライトをつけたりね。あれはすごくよかったよ。それから、流行が続《つづ》いた理由のもう一つは、みんながインターネットで話題にしたから。そんなふうに、ハンドスピナーの流行はすごかったのに、いったん熱《ねつ》がさめ始めると、カチ――パッ！　てな具合に消えちゃった」

「でも、みんなが飽《あ》きる前に、流行が終わってほしいと思ったとしたら、終わらせる方法《ほうほう》はあるの？」

「え、つまり、またボタンのことをいってるのか？」

「そう。またボタン――永遠《えいえん》にボタン」

「ふーむ……まず、ボタンはシリー・バンズ（動物やアルファベットの形をした色つきの輪《わ》ゴム）やハンドスピナーとはちがうよな、買う必要《ひつよう》がないんだから。古い服からはずせば、だれだって片手《かたて》いっぱいくらいのボタンは手に入るだろ。ほぼただで、どこにでもある」

「うん、そうだね」

「それに、新しく発明されたものでもない。だから、ボタン・フィーバーは特別《とくべつ》なものだと思うよ。学校で広まるのを見てきたのはおまえなんだから、どうしてそんなにはやってるのか、自分ではどう思うんだ?」

「お兄ちゃんが今いったように、だれでも手に入れることができるし、みんな、交換《こうかん》するのが好《す》きなの。ボタンの種類《しゅるい》はすごくたくさんあるから。でも……それだけじゃなくて、新しいことも考えだしてるの。ゲームを考えたり、ブレスレットみたいな手作りの品物を作ったり。四年生で、針金《はりがね》を使ってボタンのオブジェを作った子もいるみたい。今日の帰りのバスでは、糸に二百個《こ》くらいボタンを通して、ヘビを作った子を見たよ。しっぽには小さいボタンを使って、だんだん大きなボタンにしていくの。頭にはまたちがう大きさのボタンを使うわけ。気味が悪いけど、すごいなって思った。きっとあしたには、そこいらじゅうにボタンのヘビがいるはず……それか、ボタンの小さなカエルとか、虫とか、ね。ハンドスピナーは回すことしかできないけど、ボタンは自分たちで考えてなんでもできるの。だからみんな、もっともっとボタンをほしがってるし、ちっとも飽《あ》きないみたいなんだよね。わたし以外《いがい》は」

ベンは押《お》しだまってすわったまま、宙《ちゅう》を見ている。

ベンを見ていると、まるで自分を鏡《かがみ》で見ているような気分になることがあって、今もまさにそう。ベンがなにをしているかわかるの。アイデアがひらめいて、理論《りろん》づけをしているか、計画を立てているところなんだ。

だから待った。

千一、千二、千三、千四……。

ベンが、ようやくきりっとした表情《ひょうじょう》になった。

「そのボタン・フィーバーを終わらせるために、いくら払《はら》える？」

「払う？　どういうこと？」

「どんなに切実なのかってこと。流行を終わらせるのは、おまえにとってどれくらい大事なのか、さ」

「すごく大事」

「わかった。つぎの質問《しつもん》。経済《けいざい》のことはどのくらい知ってる？」

「うーん、ゼロとゼロのあいだくらい」

「だいじょうぶ。だけど、これだけはいっとくぞ。こうすればいいとか、ああすればいいとかは、おれはいっさいいわない。考え方をいくつか教えるだけだからな」

「経済の？」

「そう、経済《けいざい》。すごくおもしろいし、いくらか教えてやれば、きっと自分でアイデアがうかんで、どうしたらいいかわかるはずだ。でもおれは、ああしろ、こうしろっていうのは、いっさいいわない」

「おんなじこと、二回もいってるよ」

「重要《じゅうよう》なことだからさ」

わたしはまゆをひそめすぎて、お兄ちゃんをにらみつけてるみたいになった。

「なんだかさ、こうしろっていっさいいわないっていうの、危《あぶ》ないからじゃないの？　なにか問題に巻《ま》きこまれそうとか。その両方かも。で、お兄ちゃんは責任《せきにん》をとりたくないってことでしょ」

ベンは無表情《むひょうじょう》な顔でこっちを見てる。

「経済について勉強したいのか、したくないのか？」

「したいです、大先生。おお、お願《ねが》いです、教えてプリーズ！」

ベンはわたしの皮肉を無視《むし》した。

「よし。だけど、忘《わす》れるなよ――」

「わかってる。ああしろ、こうしろっていうのは、いっさいいわない」

「そのとおり」

22 需要《じゅよう》と供給《きょうきゅう》

カフェテリアの北の壁《かべ》の窓《まど》は、学校の裏《うら》の芝生《しばふ》の運動場に面していて、わたしとハンクがすわっているテーブルからはよく見える。今朝は雨がふっていたけど、今は晴れたので、水曜日のこの時間になってやっと、みんな外で遊べるようになった。

「どうして今日は、〈グレースの豪華《ごうか》なボタン〉を開店しないの？」と、ハンク。

「あ……なに？」

「あのね、今日はボタンの交換《こうかん》してないだろ、看板《かんばん》も出してないし。なんで？」

「ああ、そうね。ちょっとお休み」

ハンクはひとしきりわたしの顔を見ていたけど、わたしと同じように、窓の外に顔を向けた。

そうして、ハンクもわたしが見ているものを見た。

五年生と六年生の三十人くらいが、芝生の上を歩いたり走ったりしながら、ときどき立ち止まってなにかを拾いあげている。そういう動作を何回もくり返している。

「みんな、なにやってんだろ？」

「ほんと、変《へん》だよね」

それ以上《いじょう》いうと、ハンクにうそをつくことになる。ハンクにうそはつきたくない。だって、今起きていることを、わたしはなにからなにまで知っているのだから。

ベンのいうとおり、経済《けいざい》はおもしろかった。とくに需要《じゅよう》と供給《きょうきゅう》のことを、熱心《ねっしん》に教えてくれた。

ベンは大学教授《きょうじゅ》みたいにいたってまじめだった。きのう学校から帰ってきてからの台所は、まるで講堂《こうどう》だった。

「需要と供給の考え方は簡単《かんたん》だ。なにかの供給が減《へ》れば、そのものは出まわらなくなり、乏《とぼ》しくなる。すると人々にとって、そのものの価値《かち》は上がる。価値が上がることをなんというかというと、需要が高いという。需要が高いというのは、基本的《きほんてき》に、なにかがほしい、なにかを必要《ひつよう》としているという気持ちだ」

よくわかったし、ベンもそう思ったのだろう、話を続《つづ》けた。

「ドーナツを例《れい》にしてみよう。町にドーナツ屋が一軒《けん》しかなく、その店では毎朝たったの二個《こ》しかドーナツを作らないとする。これは非常《ひじょう》に供給《きょうきゅう》が少ないよね？　人々がおいしいドーナツが大好《だいす》きだったら、その二個のドーナツをみんながほしがる。つまり、需要《じゅよう》が非常に高いということだ。すると、一個九十九セントなのに、もっと払《はら》ってもいい、一個につき五ドルや十ドル払ってもいいという人が出てくるかもしれない。同時に、おいしいドーナツを買うために、朝いちばんにドーナツ屋へ行こうとする人もたくさんいるかもしれない。なにしろ、町じゅうにたったの二個しかないんだから！」

まだついていける。でもベンは、確実《かくじつ》に理解《りかい》させるために、条件《じょうけん》を逆《ぎゃく》にした。

「だけど、この町にドーナツ屋が十五軒もあって、それぞれの店で毎朝おいしいドーナツを千個作ったとしたらどうだろう？　ドーナツの供給が多すぎるよね。すると、人々はいちばんになろうとドーナツ屋へ走っていかなくちゃと思うだろうか？　思わない。一個につき、五ドルも払うだろうか？　もちろん払わない。なぜなら、ドーナツの供給量《きょうきゅうりょう》がとても多いから。毎朝一万五千個だよ！　そんなふうに供給がとても多くなれば、需要——つまり、今すぐドーナツを買いにいかなくちゃ！　っていう気持ちはどうなる？　消えるよ。あまりにもたくさんドーナツがあると、みんな飽《あ》きるんだ。ここで大事なことは、どんなものでも、供給《きょうきゅう》が過多《かた》になれば、それに対する需要《じゅよう》はなくなる、ということだ。それがなんであってもね」

ベンの経済《けいざい》の講義《こうぎ》で、いちばん気に入った部分がそれ。

そこでベンは言葉を切って、わたしの目をまっすぐに見ながら、もう一度同じことをいった。今度はゆっくりと。

「どんなものでも、供給が過多になれば、それに対する需要はなくなる。それがなんであっても」

ベンは話しながら、ルーズリーフノートの紙に、ドーナツや店の窓《まど》や木なんかをいたずら書きしていた。ちょっと気が散《ち》ったけど、残《のこ》りの講義を聞こうと、しゃんとした。

「これで経済の授業《じゅぎょう》は終わり」ベンはにこっとしながらいった。

「え？　だけど……なにかアイデアがうかぶっていってたじゃん、どうしたらいいか――」

ベンは手を上げた。

「だめだめ。これでおしまい。どうしたらいいかは、いわないよ」

そういうと、いたずら書きしていた紙をわたしのほうへすべらせ、リュックをつかんで台所から出ていった。

わたしはそこにすわったまま、ベンのいったことを思いだそうとしたり、ベンが描《か》いたわけのわからない絵を見たりしていた。

ベンは絵が下手くそだ。木や店の窓《まど》なんてむずかしくないのに、形がおかしいし、ドーナツみたいに簡単《かんたん》なものを描くのも苦労《くろう》してる。ドーナツのうちいくつかは、とんでもなく小さくて、おまけに穴《あな》が二つもある。

そのとき、すばらしくかしこいお兄ちゃんがなにを描いたのかわかった。これは穴が二つあいた小さいドーナツなんかじゃなく――ボタンだったんだ！

ベンのいったとおり、アイデアがひらめいた。どうしたらいいか、ということについて。

ちょっと危険《きけん》だし、すごくこわい。

でも、とにかくやった。

ゆうべ、暗くなってから、家を抜《ぬ》けだしてガレージへ行った。あらかじめ晩《ばん》ごはんの前に、ボタンの入った段《だん》ボール箱《ばこ》のボタンを四箱、自分の部屋からガレージに運んでおいた。小さな灰色《はいいろ》のボタン三箱と、いろいろな明るい色が混《ま》ざったのがひと箱だ。そのボタンをキャンプ用のリュックにつめこみ、自転車にしばりつけて、学校まで七ブロック走った。それから、運動場じゅうにボタンをばらまいた。リュックからガバッとつかんで、何度も何度も投げたのだ。そのあと家へ帰り、またリュックにつめこんで、自転車で学校へ行き、二回めのボタン投げをした。三回めも四回めもやった。全部終わるまで一時間以上《いじょう》かかった。二階の自分の部屋へもどったとたん、ママがおやすみをいいにきた。

どうして十五万個《こ》ものボタンを運動場じゅうにばらまいたのか？　それは経済《けいざい》の理論《りろん》によるの。エイブリー小学校におけるボタンの供給量《きょうきゅうりょう》を変《か》えるためだ！

わたしが昼食を食べ終わるころには、四年生、五年生、六年生のすごい人数が外に出て、ボタン拾いをしていた――ハンクもそのひとり。まるでホワイトハウスの芝生《しばふ》でやるイースターの卵探《たまごさが》しみたい。こんな離《はな》れたところからも、みんなのポケットがボタンでふくらんでいるのが見える。

経済学教授《きょうじゅ》のお兄ちゃんによると、ボタンの供給が増《ふ》えれば、ボタンの需要《じゅよう》は減《へ》る――これは理論だ。

そして、わたしが始めた現実《げんじつ》での実験《じっけん》は、順調《じゅんちょう》にすべりだした。

だから、これからどうなるか、もう少し見守らなければならない。

水曜日の終わりに明らかになったことは、学校には数えきれないほどのボタンが存在《そんざい》しているけれど、大きめで明るい色のボタン約《やく》二万個《こ》以外《いがい》は、ほとんど小さな灰色《はいいろ》だってこと。

終業のベルが鳴ると、ラング先生の教室の外の廊下《ろうか》に、五年生の女子三人が大急ぎでやってきた。〈エリー・オリジナル〉のすてきな品物と、わたしの豪華《ごうか》なボタンを交換《こうかん》するためだ。

そのころには、わたしがなにをしているのか、エリーもわかっていて、こわい目でにらみつけながら通りすぎていった。

でも、この三人が交換にきたのにはびっくりした。ベンがいったように、ボタンを大量《たいりょう》にばらまけば、需要《じゅよう》はまったくなくなると期待していたから。

そのとき気がついた。わたしの豪華なボタンはまだ数が少なくて、そのために需要が高いままなのだ。ふつうのボタンの海に囲《かこ》まれていても、それは変《か》わらない。同じく、〈エリー・オリジナル〉の品物に対する需要《じゅよう》も高いままだ。なぜなら、わたしの数少ない豪華《ごうか》なボタンと交換《こうかん》するには、エリーの作品じゃないと受けつけられないから！

帰りのバスの中では、運動場にあった色とりどりの新しいボタンが、交換の対象《たいしょう》になっていた。まだまだ活発にボタン交換がおこなわれていることに、またびっくりした。

そんなわけで、この大がかりな経済《けいざい》の実験《じっけん》で変わったことは、たった一つなんじゃないかと思い始めてる。それは、わたしの部屋のボタンの段《だん》ボール箱《ばこ》が四個《こ》減《へ》ったこと。

もちろん、親友は失《うしな》ったままだ。

23　秘密《ひみつ》の部屋

水曜日の午後、もうすぐ家の近くのバス停《てい》に着くというころ、スマホが鳴った――画面にはハンクの名前が表示《ひょうじ》されている。話したくはなかったけど、取らないっていうのも失《しつ》礼《れい》だ。

「もしもし、ハンク」

「やあ、ぼく今帰ったとこ。先週の水曜日、みんながカフェテリアにボタンを持ってきた最初《さいしょ》の日にさ、グレースのトレイからボタンをもらっただろう？　それと今日運動場で拾ったボタンを比《くら》べてみたんだ。そしたら、おんなじボタンだってことがわかった」

わたしがなにもいわないので、ハンクは続《つづ》けた。

「色、材質《ざいしつ》、大きさ、デザイン――全部いっしょだった。濃《こ》い赤のボタンには、裏《うら》に金型《かながた》の小さなへこみがあって、それもグレースからもらったボタンと今日運動場で拾ったボタンは同じだった」

「おもしろいね」

「そう。おもしろい。つまり、学校の運動場にボタンをばらまいたのは、グレースだと思うんだけど、合ってる？　もしそうなら、これはエリーとの戦争《せんそう》の一部ってことかな？」

「うーん……いいたくない」

「そうか、ならいい。じゃあね」

「待って！　切らないで」

「切ってないよ」

「そうなの――運動場にボタンをまいたのは、わたし。だけど、エリーとの戦争の一部なんかじゃない。このボタンさわぎを止められるかもしれないっていう実験《じっけん》なの……止めたいのよ」

「学校をボタンだらけにすれば、ボタンが消えると思うの？　そんなのおかしいよ」

「じつは、お兄ちゃんに需要《じゅよう》と供給《きょうきゅう》のことを教わったの。なにかの供給が増《ふ》えれば、需要は減《へ》るんだって。たとえば、ドーナツがそこいらじゅうに何千個《なんぜんこ》もあれば、人は飽《あ》きちゃって、そんなにほしがらなくなるんだって」

「なるほど……ドーナツならそうかもね。だけど、このボタンさわぎが森林火災《しんりんかさい》だったとしたら？　グレースは火の中にもっと木を投げ入れてるだけだよ」

「今いったとおり、実験《じっけん》なんだって」

「いいよ、わかった。でも……運動場にばらまいたボタンは何個《なんこ》くらい？」

それはいいたくない、といいそうになった。

でもいわなかった。

「うちに来《こ》られる？」

「グレースのうちに？　今？」

「そう、今。わたしのうちに」


玄関《げんかん》のベルが鳴ると、ママとわたしは同時にドアをあけにいった。

「こんにちは、ハムリンさん。やあ、グレース」

ハンクは自転車をこいできたので息を切らしていたけど、うちに着くまで時間がかかってよかった。何週間もほったらかしにしておいた服の山を、全部かたづけられたから。

「どうぞ入って、ハンク。元気だった？」

ハンクはママにぺこりと頭を下げた。「ありがとうございます。はい、元気です」

ママはちょっとびっくりしてる。ハンクが来るっていってなかったから。

「ハンクはわたしの……コレクションを見にきたの。部屋にあるやつ。おやつは自分たちで食べていい？」

「ええ、いいわよ。わたしは仕事部屋にいるから」

わたしの部屋は少しはましになったけど、クローゼットはまだごちゃごちゃなので、ボタンの段《だん》ボール箱《ばこ》三箱は出して、背《せ》の高い本棚《ほんだな》の前に積《つ》んだ。

ハンクは部屋の入り口を入ったところで立ち止まり、ゆっくりと見まわした。

新しい友だちを自分の部屋に入れたのは久《ひさ》しぶりだ。だけど、ほかのだれも、部屋の中になにがあるかなんて、興味《きょうみ》ももたなかった。ハンクはあらゆるものを見のがすまいとしている。わたしの新しいスマホではパノラマ写真が撮《と》れるけど、まるでそんな写真を撮っているみたい。

ハンクはタンスを指さした。「あ、あれだ！」

そういって歩いていき、小さな灰色《はいいろ》のボタンでいっぱいの青いガラスびんを取りあげた。

「ぼくんちにもおんなじくらいあるよ、これとそっくり同じボタンが！」

「うん、運動場にこれをたくさんまいたから」

「てことは……ボタンは工場から持ってきたってこと？　マサチューセッツ州の」

「いい勘《かん》してる」

「推理《すいり》だよ。工場から持ってきたほかのものといっしょに、ボタンも見せてくれただろ？　だから、学校に持ってきた分よりずっとたくさんのボタンを持っているんじゃないかって思ったんだ。だって、最初《さいしょ》からずいぶん持ってたし、気前よくみんなにあげてたしね」

ハンクは本棚《ほんだな》の前の箱の山に目をやった。

「あの中に、ボタンがたくさん入ってるの？」

「そう。たくさん」

「学校にまいたのはどれくらい？」

「四箱」

「ええっ！　それでまだ三箱も残《のこ》ってるのか」

「じつは、ベッドの下も見てみて」

「うそ――マジで？」

「マジで」

ハンクは床《ゆか》にひざまずくと、ベッドのほこりよけを持ちあげ、低《ひく》く長い口笛をふいた。

「ワオ！　いくつか引きだして、どんなボタンか見ていい？」

「もちろん――全部見ていいよ」

ハンクがつぎからつぎへと箱をあけているあいだ、わたしは百科事典《ひゃっかじてん》で作った大きなひじかけいすにすわっていた。プレゼントをあけるわたしを、パパとママはこんな気分でながめていたんだね。

四つめの箱で、ハンクはすてきなボタンを見つけた。

「これ見て――信《しん》じられない！」

「そうなの、わたしもそれ好《す》き。そういう箱があと二つあるよ」

「うそみたいだ！　こんなのお宝《たから》だよ！　この赤と黄色のあざやかなベークライトなんか、一個《こ》十ドルはするだろう。十二個くらいあるし、まだ紙にくっついてる新品の状態《じょうたい》だ！」

それからまた五、六箱あけていたところへ、ベンがやってきた。

「ハンク、久《ひさ》しぶり！　なんだ、グレースに秘密《ひみつ》の誓《ちか》いを立てさせられたのか？　こいつがとんでもないボタン・オタクだってこと、だれにもいうなってな」

ハンクはきょとんとして、首をふった。

「もういいから、お兄ちゃん。あっち行って」

「おれは、だれにもいわないって誓わせられたぜ。きっとハンクはチョー特別《とくべつ》なんだな」

「ママ！　お兄ちゃんがじゃまする！」

ママが一階から声をかけた。「ベン――ちょっと来てちょうだい」

「今行く」ベンはこっちを見てにやっと笑《わら》った。「そんじゃ、ごゆっくり、おふたりさん」

わたしの顔は十段階《だんかい》で九番めの赤さになったけど、ハンクは気づかなかったみたい。もう新しい箱のボタンに夢中《むちゅう》になっていたのだ。目の覚《さ》めるような青いセルロイドのボタンで、ハンクは大きさをいろいろ比《くら》べていた。

最後《さいご》の箱をあけてしまうと、ハンクはベッドによりかかって、長い足を床《ゆか》に投げだした。

「ふう――これ全部、おじいさんがマサチューセッツから送ってきたの？」

「うん。学校が始まった週に届《とど》いたの。大きな木の台にのって」

ハンクはしばらくだまっていたけど、やがて口を開いた。

「ベンがからかってたけど、グレースがこんなにボタン持ってること、ほかに知ってる人いるの？」

「わたしと、おじいちゃんと、パパとママと、お兄ちゃんと、それからハンク。それだけ」

「あのね、グレースはとんでもないオタクなんかじゃないよ！　これ全部でいくらくらいになるかわかったら、もうからかったりしないよ！」

「そうね、でもハンクにいわれるまで、ボタンにそんなに価値《かち》があるなんてわたしも知らなかった。ただほしくて……ただ持っていたかったの。だから結局《けっきょく》、わたしもまぬけだったのかもね」

「しかしボタンはしっくりなじんでるな、いや、この部屋にね。この部屋にあるものって、みんなすごくおもしろいね」

ハンクは立ちあがった。

「もう箱をかたづけなくちゃ。四時までに帰るって、母さんにいってあるから」

「だいじょうぶ――あとでベッドの下に押《お》しこんどくから。それより、出てるうちに好《す》きなのを選《えら》んで持っていって。コレクションにするのに」

「いやいや、そんなことできないよ。そういってくれてうれしいけど」

「ほんとに——少しあげるから。タンスの上にビニール袋《ぶくろ》があるでしょ」

ハンクはタンスへ行ってビニール袋を見つけた。そのとき、ほかのものも手に取った。

「これ、あのときのうずまきボタンじゃないか！　どうしたんだ？」

わたしは肩《かた》をすくめる。「割《わ》れちゃった」

ハンクは三つに割れたかけらを手にのせ、じっくりながめた。

「ただ割れただけじゃないな……この傷《きず》あとを見ると、まずせまいすきまに押《お》しこんで、それから横に曲げたか、なにかでたたいたか。これは固《かた》いものだから、こんなにバラバラにするにはものすごい力が必要《ひつよう》なんだ」

ハンクは、どういうこと？　という目でわたしを見た。

説明《せつめい》したくない。でもうそもつきたくない。絶対《ぜったい》に。

そこで大きく息を吸《す》うと、わたしはなにもかも話した。ブルックにうずまきボタンを返したこと。ブルックはそれをエリーの新しいブレスレットと交換《こうかん》したこと。そのあと、エリーからまたこのボタンをもらったけれど、割れていたこと。それから、ブルックからエリーのブレスレットを手に入れたこと——仕返しとして。

「タンスの上にたたんだ紙があるでしょ？　それはエリーがこのボタンを返すのに使った、手作りの封筒《ふうとう》」

ハンクは紙を手に取り、メモを読んでまたもどした。

「それで今、グレースとエリーは戦争状態《せんそうじょうたい》ってわけか」

「そう」

「で、グレースはもうボタンにはうんざりなんだね」

「うん」

「よくわかった。話してくれてありがとう」

「でも、ほんとはエリーと戦争なんかしたくないの！」

ハンクはにっこりした。「わかってたよ」

「わかってた？」

「そうさ」

つぎになんていったらいいのかわからない。

ハンクはビニール袋《ぶくろ》をタンスに置《お》いた。

「また今度ボタンをもらいにくるよ。今はほんとに帰らなくちゃならないんだ」

「わかった」

わたしもハンクについて階段《かいだん》をおり、玄関《げんかん》の外のポーチに出た。

「家にさそってくれてありがとう」と、ハンク。

「どういたしまして」

「じゃ、またあした」

「うん——あしたね」

ペダルをこいでいくハンクを見送る。ちょっと背《せ》が高く、ちょっとぎこちなく、頭にヘルメットをちょこんとのせている。

もうこれ以上《いじょう》エリーと戦争《せんそう》なんかしたくないけど、今のこの問題とこのばかばかしいドラマのすべてが、ハンクのことをもっとよく知るために必要《ひつよう》な代償《だいしょう》だとしたら？　それなら、後悔《こうかい》することはない。

一つも。

24　勇気《ゆうき》

晩《ばん》ごはんのためにテーブルに食器《しょっき》を並《なら》べていたら、パパが小脇《こわき》に箱をかかえて入ってきた。

「たった今、運送屋が玄関《げんかん》にこれを置《お》いていった——グレースとママ宛《あ》てだぞ」

わたされた箱は、靴箱《くつばこ》くらいの大きさだ。

「おじいちゃんからだ！」

ベンがいった。「当ててみよっか。またボタン」

きっとそうだ。

ママがサラダボウルをカウンターからどけた。「ここに置いて！」

ママはわたしより興奮《こうふん》してる。テープを切ろうと持っているナイフには、トマトを切っていた汁《しる》がまだついている。

「お、いいね……おれがいったとおり——やっぱボタンだ！」

ベンはご満悦《まんえつ》。〈今日のお兄ちゃん、変《へん》なの〉っていいたいのをぐっとこらえた。

そのかわり、別《べつ》の言葉が口から飛《と》びだした。

「お兄ちゃんって、箱の中身を当てる天才だね。需要《じゅよう》と供給《きょうきゅう》の結果《けっか》を当てるよりずっと得《とく》意《い》じゃん……お兄ちゃんがこうしろっていった結果は、うーん」

「お……おれは、こうしろなんてひとこともいってない！」

「ベンはどうしろっていったんだ？」

パパは興味《きょうみ》しんしんしん。

「ううん、べつに。ちょっとからかっただけ――だよね、お兄ちゃん？」

「そう、おまえっておもしろいやつだな！」

箱の中には、ボタンの上に二通の封筒《ふうとう》が入っていた。ママとわたし宛《あ》てだ。ママは自分のをあけて、声に出して読み始めた。クリーム色のレポート用紙に、おじいちゃんの手書きの文字が見える。

キャロリンへ
グレースにそれとなくいわれたおかげで、ようやく二階の母さんの家事部屋と書斎《しょさい》をかたづけ始めたよ。このボタンは裁縫道具《さいほうどうぐ》のところにあった。何世代にもわたる代物《しろもの》だな。おまえの昔の服から取ったボタンも見つかるかもしれない。ほかのボタンのことで質問《しつもん》があれば、グレースが全部答えてくれるだろう！

これからしばらくのあいだ、おまえが持っていたいかもしれないものを送ることにするよ。ほかのものは地元の慈善団体《じぜんだんたい》に寄付《きふ》して、うまく使ってもらおうと思う。

なかなか始められなかったことだが、いったんやり始めると、楽しい思い出がたくさん見つかるんだ。とくに、おまえたち子どもといっしょに過《す》ごした時代の思い出がね。こんなにいい娘《むすめ》でいてくれてありがとう。この秋か冬に、またみんなで来ておくれ。

愛《あい》をこめて

父さんより

最後《さいご》のあたり、ママの声はふるえていた。涙《なみだ》もぬぐっていたけど、ほほえんでいた。

「なんてやさしい、いい人なのかしら。それじゃ、あなたのも聞かせて、グレース」

でも、みんなの前で泣《な》くのはいやだし、きっと泣いちゃうから。

「うーん……あとで読みたい。いいでしょ？」

「ええ、いいわよ」

晩《ばん》ごはんを食べ、かたづけを終えると、おばあちゃんのボタンを持って二階へ上がり、ベッドカバーの上に広げた。

おじいちゃんが書いてくれたとおり、ボタンは一八〇〇年代のものからある。骨《ほね》のボタンが五、六個《こ》あるのがすぐにわかったし、靴《くつ》のボタンが何十個もある。ハンクといっしょに分類《ぶんるい》したリサイクルショップのコレクションに、靴のボタンっていうジャンルを追加《ついか》しなくちゃ。靴のボタンは、小さな豆を半分に切ったような形だ。上が丸くて下が平ら。色はたいていい黒で、平らな面に小さな金属《きんぞく》の輪《わ》っかがついている。おもしろいけど、このころボタンばかり見てきたわたしに、今必要《ひつよう》なのは言葉だ。

手紙を読み始めると、おじいちゃんの声が聞こえてきた。力強く、はっきりとした、やさしい声。

グレースへ
ようやく、おばあちゃんのものを整理する勇気《ゆうき》が出たよ。勇気だなんて、おかしな言葉に聞こえるかもしれないが、ここでひとりで暮《く》らすのは新しい経験《けいけん》で、少しこわい気持ちもある。だが、新しい経験こそ、自分に必要《ひつよう》なことなのだろうと思う。

新しいといえば、あの工場の建物《たてもの》は、日ごとに墓場《はかば》のようではなくなってきているよ！　外側《そとがわ》のレンガはサンドブラスト（圧縮《あっしゅく》空気で研磨材《けんまざい》を吹《ふ》きつけて、建物の汚《よご》れを落とす技術《ぎじゅつ》）できれいにみがかれているし、レンガ職人《しょくにん》が点検《てんけん》して、まだじょうぶで雨もりもしないといってくれた。窓《まど》ガラスも新しく入れたしね。今度写真を撮《と》ってメールで送るよ！

いつか友だちのハンクのことも、もう少し教えてほしい。その後どんな具合だい？　それから、忘《わす》れがたいミス・エマソンとも仲直《なかなお》りできているといいね。おじいちゃんはほんのちょっとしか会ったことはないが、うまくやっていくのはなかなかたいへんな子かもしれない。だが、なんやかやといってくる友人は、仲《なか》よくしておくといいこともあるし、そういう人はじつは真の友人がほしい人でもあるんだ。グレースならかしこく付《つ》きあっていけるだろう。

おまえもわかっていると思うが、おばあちゃんはどの孫《まご》がいちばん好《す》きかなんて、いわない人だった。だが、マージョリーおばあちゃんの心の中で特別《とくべつ》な場所を占《し》めているのは、グレースだ。おじいちゃんの心も同じだ。これからもずっと。
ふたりで過《す》ごしたこの夏の一週間はとても楽しかった。そして、バーナム工場の新装《しんそう》大開店には、ぜひ来ておくれ。スーツケースの準備《じゅんび》をしておくんだぞ！

愛《あい》をこめて

おじいちゃんより

去年の夏はお葬式《そうしき》で泣《な》いたけど、今日のはちがう感情《かんじょう》だ。今泣いているのは、おじいちゃんが大好《だいす》きだから。そして、おばあちゃんがわたしにがっかりするだろうから。ふたりとも、わたしがエリーに対して意地悪なことをしてるっていうだろうから。だってそのとおりだもん。さわぎを終わらせようとしてる？　なんて自分勝手な言いぐさ。みんなは楽しんでいるし、エリーはすてきなものを作ってる。みんなもいろんなものを作ったり、いろんなことを学んだりしてるのに、わたしはなにをやってるの？　意地悪で、おろかで、わがままな駄々《だだ》っ子《こ》――エリーのことをこんなふうにいっていたのに、全部自分のことだ。今泣いているわけはまだある。今日の午後、ハンクがとってもやさしかったから。ハンクはわかってた。わたしがほんとはエリーと戦争《せんそう》なんかしたくないって、わかってた。

涙《なみだ》がおじいちゃんの手紙にしたたり落ちたので、泣《な》くのをやめた。でも頭の中ではまだいろいろ考えている。なにかをやらなければ、今の涙はうそになる。約束《やくそく》して守らないようなものだ。

そこで、おばあちゃんのボタンを箱の中にもどした。

そして、宿題をやりながら、また考えた。

ママがおやすみをいいにきたので、ハグ——ぎゅーっと長いハグをした。

それからまた、考えて考えて考えた。

眠《ねむ》りに落ちるころには、なにをするべきなのか、考えがまとまっていた。

25 氷山をとかす

エリーは、わたしを歩道から突《つ》き飛《と》ばしかねない顔をしてる。もっとひどいかも。

そこでわたしは、できるだけていねいに、もう一度同じことをいった。

「ほんとに、わたしたち話しあったほうがいいよ——お願《ねが》い」

「いいけど」

信用《しんよう》できないといった冷《つめ》たい言い方だけど、それは想定の範囲内《はんいない》だ。ただ、スクールバスがひっきりなしにやってくるこんなところでは、話しあいはできない。

「図書室の中へ行こう。いい？」

「なんでも」

図書室を選《えら》んだのは、あそこでは静《しず》かにしていなくちゃならないから。面と向かって大声で言いあいしそうになっても、できないでしょ。

わたしが入り口のドアを押《お》さえていると、エリーが入って右へ曲がった。

今のところ順調《じゅんちょう》。

でも、エリーの歩き方はかたく、一つひとつのしぐさにもいらだちが見てとれる。戦《たたか》う気満々《きまんまん》だ。

この場面のために論理的《ろんりてき》に準備《じゅんび》したつもりだけど、算数の問題を解《と》くようにはいかない。

むしろ、結《むす》び目《め》をほどくようなものだ。氷山をとかすようなものかもしれない。

図書室に入ると、わたしは奥《おく》のテーブルへ向かった。エリーもついてきて、真向かいにすわった。

「なんの用?」

すごく挑発的《ちょうはつてき》な言い方だけど、それには答えなかった。自分の計画を実行するのみ。

「まず話したいのは……このこと」わたしは手を開いて、割《わ》れたうずまきボタンを見せた。「エリーとブルックが交換《こうかん》しているところへ割りこんだのは、全面的にわたしが悪かったの。自分勝手だった。それについてはごめんなさい。いつか許《ゆる》してくれたらうれしいな」

エリーがなにかいいそうになったけど、わたしはすばやくリュックから茶色い封筒《ふうとう》を取りだし、テーブルの上に中身をあけた。

「ブレスレットが十八本、ネックレスが三本、アンクレットが二本。全部エリーが作ったものよ」

エリーは驚《おどろ》いた顔を隠《かく》せなかった。

「あ……あんたがいくつか持ってることは知ってたけど、こんなにたくさんだとは思わなかった。いったいどうして……」

「うずまきボタンをこわされて、頭にきたから。それと、昼休みにいっしょのテーブルにすわらせてくれないから」

「それでどうして……」

「このボタン、全部ハンマーでたたきわって、リボンを切りきざんで、それを返してやろうと思ってたの。それでおあいこだって」

「ほんとに？　本気でそんなこと？」

「そう。でも、今のこのごたごたは、ほんとはわたしのせいなんだって気がついたの」

「あの……たしかにあたしはうずまきボタンをこわして、あのメモをつけて返した。とってもひどいことをしたと思う」

「まあね。でもきのう考えたの。エリーがあんなふうにボタンをこわすなんて、よっぽど腹《はら》を立ててたんだなって。そんなに怒《おこ》らせたのは、わたしなんだって。そう考えるとエリーに悪くて、泣《な》いちゃった。すごく怒らせちゃって、ほんとにごめんね」

エリーは首をふった。

「だけど、あたしのほうこそ、みんなを怒らせてるのよ……ほら、すごく見せびらかして自慢《じまん》するじゃない？　ちょっと自慢しすぎかもしれない。そう思わない？」

この質問《しつもん》は危険《きけん》だ。でも正直に答えるしかない。

「う、うん……そういうときもあるかも。でも、実際《じっさい》かっこいいものをたくさん持ってるもんね。もしわたしがあんなにきれいなものをたくさん持ってたら、それを見せびらかさないなんて、とてもできないな」

「グレースが？」エリーはにっこり笑《わら》った。氷山をとかすような笑顔《えがお》だ。「まさか、それはグレースらしくない――らしくないよ。あたしはグレースみたいな人になりたいの！」

胸《むね》にこみあげてくるものを感じたけど、泣くのはいやだった。そのとき、ちょうど始業のベルが鳴って助かった。

ふたりで荷物を持って廊下《ろうか》へ向かうと、この一週間のいさかいなんて、最初《さいしょ》からなかったみたいな気分になった。でも、たしかにあったのだ。いさかいがあったからこそ、今まで以上《いじょう》にいい友だちになれたのだと思う。ふたりでホームルームの教室へ歩いていることが、ごく自然《しぜん》なことのように思える。

「じゃ、今日の昼休みには、あたしとハンクといっしょのテーブルにすわるでしょ？」

エリーは、いたずらっぽく笑《わら》った。

「グレースとハンクのこと、あたし気がついてたんだから！」

わたしは答えるかわりに、体をちょっと寄《よ》せて肩《かた》をぶつけた。そして、ふたりで大笑いした。

教室へ入る手前で、エリーがいった。

「ねえ、あたしのブレスレットとかを、これからどうするの？」

「だれから手に入れたか思いだして、その子たちに返すわ。ただでね」

「ね？　グレースのそういうところがいいのよ。あたしだったら、それを使ってまたボタンと交換《こうかん》すると思う！」

「ああ、もちろんそれも考えたよ。みんな交換大好《だいす》きだもんね。だけど、うちには一生使えるだけの大量《たいりょう》のボタンがあるの。もうボタンは飽《あ》きてきちゃったんだ」

「そう、わかった。だけど……こんなの持ってる？」

エリーはあざやかな赤と白のボタンをポケットから取りだして、わたしに手わたした。

ビンテージのセルロイドで、二色がうずを巻《ま》いているようすは、昔ながらのペパーミントペロペロキャンディーみたい。

すると、エリーがいった。「いっけない！　ほらね？　また見せびらかしちゃった――どうしてもやめられないの！」

「じつは……このボタンは、もともとわたしのだったんだ。こういうのいっぱい持ってるし、もっときれいなのもあるよ。こういうボタン使って、交換《こうかん》してたの」

「どういう意味？」

「エリーのブレスレットやネックレスを手に入れるのに、こういうボタンと交換してたってこと！」

エリーはポケットから、あと六個《こ》ボタンを取りだした。「これも？」

ひと目見て、うなずく。「その大きな緑のボタン以外《いがい》は、全部わたしのだった！」

「つまり、あたしはグレースのボタンを手に入れるために、自分のブレスレットと交換していて、グレースはあたしのブレスレットを手に入れるために、自分のボタンと交換してたってわけね！」

またまたふたりで笑《わら》いだした。それから、わたしがいった。

「でも、わたし、エリーのブレスレットを粉々《こなごな》にしようとしてたんだよ！」今となっては、そのこともなんだかおかしい。

わたしたちはよろめきながら教室へ入り、笑いつづけていた。でも壁《かべ》のスピーカーが大きな音でピンポーンと鳴ったので、みんな静《しず》かになった。

「おはようございます。校長のポーターです。本日の時間割《じかんわ》りの変更《へんこう》について、大事なお知らせをします。全校集会をしますので、一年生から六年生まで全員、八時四十五分に講《こう》堂《どう》へ集まりなさい。その後、六年生は一時間めの授業《じゅぎょう》へは行かずに、担任《たんにん》の先生といっしょに残《のこ》ること。それでは、のちほど」

エリーがわたしを見た。

「なんなのかな？」

「うん、なんだろうね」

そうはいったものの、校長先生が今日話そうとしていることは、わたしにはすべてわかる。百ドルかけてもいい。

26　重大な結果《けっか》

全校集会では必《かなら》ず、低学年《ていがくねん》は舞台《ぶたい》に近いほうにすわり、高学年は講堂《こうどう》のうしろのほうにつめこまれる。だから、六年生の今年、初《はじ》めて最後列《さいこうれつ》にすわった。ここはなかなかいい場所だ。隠《かく》れているような気分になる。

ポーター校長先生が舞台に上がり、マイクのほうへ歩いていくと、講堂はしーんとなった。

「みなさん、おはようございます。きちんと席《せき》に着いていていてえらいですね。今日集まってもらったのは、ボタンのことについてお願《ねが》いがあるからです」

みんなはとたんにざわざわしたり、クスクス笑《わら》ったりした。でも、校長先生が顔をしかめて首をふると、また静《しず》かになった。

「ここ一週間以上《いじょう》、多くのみなさんがボタンに強い興味《きょうみ》をもっているようですね。けれど、学校でなにかがはやると、たいてい勉強に支障《ししょう》が出てきます。ボタンの流行で、今はそのような状態《じょうたい》になっています。そこで、あしたの朝から、学校でボタンを見つけた場合は、先生方が預《あず》かり、学年末《がくねんまつ》に返すことにします。そして今日は、学校に持ってきているボタンをすべて、家に持ち帰ってください。そのまま家に置《お》いておくんですよ。もちろん、着ている服についているボタンのことをいっているのではありません。交換《こうかん》したり、集めたり、おもちゃを作るのに使ったり、ゲームをしたりするボタンのことです。もう一度いいます。今日学校にボタンを持ってきている人は全員、家に持ち帰って、もう持ってこないこと。今いったことがわかった人は、手を上げてください」

わたしは手を上げた。講堂《こうどう》にいる全員がそうした。

というわけで……終わった。願《ねが》いがかなったんだ。校長先生がボタンの流行はもうおしまいといったんだから、終わりでしょ――少なくとも学校では。

「手をおろしていいですよ。みなさん、どうもありがとう」

これで集会が終わったと、みんなが急にぺちゃくちゃしゃべりだした。前のほうにすわっていた小さい子たちは、もう立ちあがり始めてる。

「静《しず》かに――静かにして、席《せき》に着いて」

講堂はまた静かになったけれど、さっきのようにしーん、というわけにはいかない。おおぜいの子どもがひと部屋に集まるとどうなるか、科学的《かがくてき》に調べた人っているのかな？　前におじいちゃんと見ていたミツバチについての自然科学《しぜんかがく》の番組で、巣箱《すばこ》にいるミツバチにちょっと刺激《しげき》を与《あた》えると、巣箱全体に影響《えいきょう》が広がるっていうのを見た。

校長先生の話はまだ終わっていないのに、ミツバチたちはもうブンブンをやめない。

「みなさん、気づいている人も多いと思いますが、きのうの水曜日に学校の運動場で大量《たいりょう》のボタンが見つかりました」

この話で、みんなはいっせいにしゃべりだし、うんうんうなずいたり、ポケットに手をつっこんだりしだした。

となりにすわっているエリーに、わたしの心臓《しんぞう》の鼓動《こどう》が聞こえるんじゃないかと心配だ。のども、頭もドックンドックンしている。

「静《しず》かに、みなさん、落ち着いて。きのうみんなが外でボタンを拾っていたことは知っていますが、まだたくさん残《のこ》っていました。放課後《ほうかご》、わたしと守衛《しゅえい》さんと市の芝刈《しばか》りの人とで見まわってみました。芝刈りの人は、ボタンのせいで芝刈《しばか》り機《き》がこわれてしまうかもしれないと心配していましたが、なんとか芝刈りを始めてくれました。ところが、ボタンが飛《と》んで走っている車にぶつかってしまい、何台もの車に文句《もんく》をいわれました。そこで、警《けい》察を呼んで、芝刈りが終わるまで、運動場に接する道路を封鎖してもらわなければなりませんでした」

わたしはじっとすわって、懸命《けんめい》にこらえていた。呼吸《こきゅう》が早くならないように、気を失《うしな》わないように、席《せき》から飛《と》びあがって、叫《さけ》びながら講堂《こうどう》から走り出ないように。

校長先生は話しつづけてる。

「芝刈りが終わったあと、警察官《けいさつかん》ふたりとわたしとで、火曜日の夜から記録《きろく》されている学校の防犯《ぼうはん》ビデオを見てみました。何者かが運動場に入っていました。それも一度や二度ではなく、四回も侵入《しんにゅう》して、運動場じゅうにボタンをばらまいていました。暗くなってからのことですので、その人物を特定《とくてい》することはできませんでした。警察は、公共施設《こうきょうしせつ》へのごみ不法投棄事件《ふほうとうきじけん》として、捜査本部《そうさほんぶ》を立ちあげました。なにか捜査の助けになることを知っている人がいたら、先生方かわたしに話してください」

講堂に重たい空気が流れた。

校長先生はだまっている。

まだだまっている。

わたしは歯をきつく食いしばりすぎて、今にも歯が欠《か》けそう。

ハンクはわたしの前の列の三つ左の席《せき》にすわっている。どうかハンクがふり向いて、ウィンクしたり、にやっと笑《わら》ったり、親指を立てたりしませんようにと祈《いの》っていた。でもハンクはかしこいから、そんなばかなことはしなかった。

ほんとは……ハンクもひどくびくついているにちがいない！　犯罪《はんざい》のことを知っているなら、その犯人と同じように罪《つみ》があるから！

そのことをだまっているならば。

ようやく校長先生が口を開いた。

「今朝はみなさん、しっかり話を聞いてくれて、とてもうれしいです。では、一年生から教室へもどりましょう。担任《たんにん》の先生がいいというまで、席に着いていてください」

講堂《こうどう》はまたざわざわしだし、エリーがささやいた。

「弁護士《べんごし》が必要《ひつよう》ね！　でもいらないかな。ごみ捨《す》てなんて、そんなにたいした事件《じけん》じゃないもんね？　罰金《ばっきん》百ドルくらいかな。でも、すごくわくわくしておもしろいよね？」

わたしは口がカラカラで、ろくに話もできない。

「うん……おもしろい」

ほんとは、〈おもしろい〉じゃなくて、〈おそろしい〉だ――おそろしいよ！

今まで学校で問題を起こしたことなんかないし、校長室送りになったこともないし、放《ほう》課後居残《かごいのこ》りをさせられたこともない。先生に叱《しか》られたのも、いつが最後《さいご》だったか思いだせないくらい！　それなのに、これだ。これはまさに問題……両親が校長先生に呼《よ》びだしを食《く》らうような問題だ！

そこには警察官《けいさつかん》もいるだろう――警察官！

頭蓋骨《ずがいこつ》の中にこの考えがたたきつけられたとき、ハンクがふり向いて、目と目が合った。

わたしはほほえみ、堂々《どうどう》と冷静《れいせい》でいるように見せようとした。全然《ぜんぜん》できなかったけど。

ハンクは心配しているのか悲しんでいるのかわからない。こわがっているのかな。わたしみたいに。

たしかなことはただ一つ――もうこれ以上《いじょう》、ここにすわっていられないということ。

「社会の時間にね」とエリーにささやくと立ちあがり、みんなの前をささっと歩いて、通路に立っているラング先生のところへ行った。

「ラング先生、事務室《じむしつ》へ行ってもいいですか？　ちょ……ちょっと気分が」

これはうそじゃない。こんなに気分が悪くなったのは、生まれて初《はじ》めてだ。

先生は一瞬《いっしゅん》、わたしの顔をまじまじと見た。目の中に、ちらりと心配の色が見えた。よっぽどひどい顔をしていたんだろう。

「医務室《いむしつ》？　ええ、もちろん、すぐ行きなさい、グレース。だれかについていってほしい？」

「いいえ、だいじょうぶです。ありがとうございます」

講堂《こうどう》の外の廊下《ろうか》は、出てきた三年生と四年生でいっぱいだったけど、そっちに目をやることもできず、自分の足がタイルの床《ゆか》についているのかどうかもわからなかった。

医務室ではなく事務室に着くと、すぐ右に外へ通じるドアがあったので、脱走映画《だっそうえいが》の囚人《しゅうじん》みたいに、そのドアに向かってかけだしたい衝動《しょうどう》にかられた。

でも、しなかった。

事務室では、秘書《ひしょ》のスターリングさんがパソコンの画面から顔を上げて、にっこりほほえんだ。

「こんにちは、グレース。なんのご用かしら？」

二年生のときと四年生のとき、先生が事務室になにかを届《とど》けなければならなくなったときには、よくわたしがたのまれた。とってもいい子だったからね。あのころは。

だから、スターリングさんのことはよく知っている。

「校長先生とお話ししたいんです、お願《ねが》いします」

「校長先生は集会からもどってきたばかりで、用事がいろいろあって午前中はいそがしいの。昼休みまで待てないかしら？　十二時十五分でどう？」

「今すぐお話ししたいんです。ボタンのことで。運動場の」

スターリングさんのまゆが、おでこの真ん中くらいまではねあがった。

「そう、わかりました。では、そこのベンチにすわっていて。グレースが来たことを校長先生にお話ししてきます」

前に事務室《じむしつ》をのぞいたとき、よくこのベンチにすわらされている子を見て、かわいそうにと思っていた。今は、自分で自分をかわいそうにと思ってる。

校長室のドアが開いて、校長先生がにっこりした。

「おはよう、グレース。どうぞ入って、テーブルのところのいすにかけてちょうだい」

校長先生の机《つくえ》の左側《ひだりがわ》に、小さな丸テーブルがある。わたしは窓《まど》に面したいすに腰《こし》かけた。窓からはスクールバスの発着所が見える。

校長先生はわたしの向《む》かい側《がわ》にすわった。こわい先生じゃない。ママの友だちのカーラに似《に》ていて、あたたかく、親切で、笑顔《えがお》がやさしい。灰色《はいいろ》のウールのスカートと上着、あわい青のシャツを身につけている。

わたしはすぐにボタンを数え始めた――どうしてもやめられない。

「さて。お話があるということだけど？」

答えようとしたとき、ドアをノックする音がした。スターリングさんがドアをあけて首をつきだした。「おじゃましてすみません」

スターリングさんは入ってきて、かがんで校長先生の耳になにやらささやいた。

今度は、校長先生のまゆがピンとはねあがった。

校長先生はわたしに目を向けていった。

「どうやら、ここにもっといすが入り用のようですよ」

わけがわからない。校長先生は立ちあがって、いすをいくつか運んできた。

ドアのほうに目をやったとたん、わたしは本当に頭が混乱《こんらん》してしまった。

校長室に入ってきてわたしの右にすわったのは、ハンク・パウエル。左にすわったのは、エリー・エマソンだったからだ。

27 取引

わたしの論理的思考《ろんりてきしこう》、科学者みたいに考えられる能力《のうりょく》は、まったく働《はたら》かない。だけど、とにかくなにかいわなくちゃ、と感じたので、早口でまくしたてた。

「校長先生、どうしてエリーとハンクがここにいるのかわかりません。ふたりは運動場のボタンのことにはなんの関係《かんけい》もないからです。わたしがひとりでボタンをまきました。全部自分で考えました。なので、このふたりがここにいるのはおかしいんです」

校長先生はハンクを見て、つぎにエリーを見た。

「それは本当ですか？　グレースがたったひとりで、運動場にボタンをまいたと？」

ふたりともうなずいたので、校長先生はいった。

「では、このことについては、わたしとグレースと――ご両親が話しあいます。それじゃ、なぜここに来たの？　まずハンクから」

「証人《しょうにん》として来ました。グレースはごみを捨《す》てたわけじゃないんです。たくさんのボタンを手放しただけです。どうしてそんなことをしたかというと、ボタンの流行を止めようとしたからです。それは校長先生がやりたいことと同じじゃないですか？」

「どうしてそんなことを知ってるの？」

「きのうの放課後《ほうかご》、運動場にボタンをまいたのは自分だっていう話を聞きました。その理由も説明《せつめい》してくれました。需要《じゅよう》と供給《きょうきゅう》についての実験《じっけん》だって。なにかの供給が多くなれば、それに対する需要が減るんです。グレースはボタンに対する需要が減って、なくなってほしいと思いました。そうすればボタンの流行は終わります。さっき、グレースが事務《じむ》室《しつ》へ行くのを見て、エリーにすべてを話しました。それでふたりでここへ来たんです」

校長先生がわたしを見た。「なぜ、流行を終わらせたいと思ったの？」

わたしがなにもいわないうちに、エリーが手を上げて話しだした。

「あの、あたしは二年生のときからグレースと親友だったんですけど、先週、ふたりともあるきれいなボタンがほしくて、言《い》い争《あらそ》いになったんです。そうしたらあたしより先に、グレースがそのボタンを交換《こうかん》で手に入れたので、あたしはグレースにすごい意地悪をして、グレースもすごい意地悪をし返してきて、それがどんどんひどくなって、ふたりともとってもいやな気持ちになっていたんです。それで、グレースが、このボタン騒動《そうどう》を終わらせて、あたしたちがまた友だちにもどれるように、なにか行動しなくちゃと決心したんです。だから、これはごみ捨《す》てなんかじゃないんです」

校長先生がなにかいおうとしたところへ、こんどはハンクが割《わ》りこんだ。

「それで、エリーとグレースとぼくが、これから毎日放課後《ほうかご》、運動場へ行って、すっかりなくなるまでボタン拾いをします」

校長先生は首をふった。

「いえ、それは必要《ひつよう》ありません。きのうの芝刈《しばか》りのあと、作業員の人たちが枯《か》れ葉《は》を吸《す》いこむ機械《きかい》を持ってきてくれて、もうボタンはほとんど残《のこ》っていません」

エリーがいった。

「それじゃ、ハンクとグレースとあたしが、寄付《きふ》をします。作業員の人はボタンを吸いとるのによけいな時間を使ったわけだし、芝刈りのあいだ、警察《けいさつ》も道路を封鎖《ふうさ》していたのでお金がかかったと思います。どうですか、これ？　いい取引じゃありませんか？　これでよしとしてもらえませんか？」

エリーは身を乗りだして、校長先生に片手《かたて》をさしだした。

するとハンクも手をさしだしたので、わたしもそうした。

校長先生はというと、びっくりしていた。

けれど、ほほえんで、一人ひとりと握手《あくしゅ》をした。エリー、ハンク、そしてわたしと。

握手が終わっても、校長先生はわたしの手を離《はな》さない。

「これから警察《けいさつ》に電話します。そして説明《せつめい》して、捜査《そうさ》を中止してくれるようにお願《ねが》いします。それで終わりになるはずですよ」

涙《なみだ》があふれてきた。「ありがとうございます、校長先生」

校長先生はエリーとハンクをあごでさした。

「感謝《かんしゃ》するのはこのふたりにです。いい友だちをひとり持つのもすごいことなのに、味方になってくれる友だちがふたりもいるんですからね。すばらしいというほかないですよ。

さあ、授業《じゅぎょう》へ行きなさい。楽しい一日をね」

わたしたちはすぐに校長室を出て、六年生の教室のあるほうへ並《なら》んで歩いていった。

左にエリー、右にハンク。校長先生のいうとおりだ。すばらしいというほかない。

28　もう一つのボタン

校長先生が全校集会でボタンの持《も》ち込《こ》みを禁止《きんし》したのは、一か月近く前だけど、今朝のスクールバスの中で、ボタン交換《こうかん》をしている子を見た。九月のころみたいにおおぜいではなく、おおっぴらにでもないけど、まだなくなったわけじゃない。流行って、消すのはむずかしいものだってことね。

友情《ゆうじょう》もそう。これは理論《りろん》じゃないけど、証拠《しょうこ》がある。

ハロウィーンの一週間前の金曜日の午後、エリーとわたしは約《やく》五分の話しあいで、五月から全然《ぜんぜん》やっていなかったお泊《と》まり会《かい》を、またすることに決めたのだ。

しかも今度はうちで——何年も付《つ》きあっていて初《はじ》めてのこと！

ハンクとエリーが校長室に助けにきてくれたあと、教室へ歩きながら、わたしは今までいちばんの幸せを感じた。

それからの数日間、エリーとわたしは本当によくしゃべった。こんなにしゃべったのは初《はじ》めてだ。おじいちゃんの工場の建物《たてもの》のこと、おじいちゃんに送ってもらったボタンのこと、おばあちゃんとお墓《はか》のこと、死ぬことと死なないことについてママが話したこと、そして、ママが六年生のときに友だちだった子とは、今では全然《ぜんぜん》付きあってないということ――あらゆることをしゃべった。

エリーとわたしがいっしょに過《す》ごしているとき、とくに昼休みなんかには、ハンクはなんとなく置《お》いてきぼりだと感じてるみたい。だから、ハンクとはしょっちゅうメールをやりとりしてる。理科と算数の授業《じゅぎょう》では毎日会うし。エリーはちがう授業だから、それは都合がいい。

この一か月でいちばんたいへんだったのは、三人が校長室に呼《よ》ばれて、ボタンの清掃《せいそう》にかかった費用《ひよう》の請求書《せいきゅうしょ》をわたされたときだ。

校長室を出たとたん、エリーが爆発《ばくはつ》した。

「六百ドルですって？　ひとり二百ドルずつ――あたし、そんなお金持ってないわよ！　誕生日《たんじょうび》にもらったお金は全部銀行に預《あず》けてあって、そんな大金を出そうとすれば、うちの親、カンカンに怒《おこ》るわ！　六百ドル？　なにかのまちがいでしょ！」

もちろん、校長先生はなにもまちがえてない。芝刈《しばか》りに四人で三時間、一時間あたり二十二・五ドル、それに警察官《けいさつかん》三人が二時間の特別任務《とくべつにんむ》、一時間あたり五十五ドル、合計六百ドルだ。これは算数だし、数字はうそをつかない。

でも、ハンクもわたしもあわてなかった。ふたりで解決策《かいけつさく》を考えていたからだ。その計画をエリーに話したら、エリーも安心した。

まあ、この計画はほんとはハンクが考えたんだけどね。

ハンクはボタンについてすごくくわしく調べていて、ビンテージのボタンは価値《かち》が高いことや、インターネットオークションのサイトには、ボタンを買いたいコレクターが毎日アクセスしていることも知っている。それに、わたしが価値のあるボタンを大量《たいりょう》に持っていることも知っているのだ。

ただ、一つ問題があった。このオークションのアカウントを持つには、少なくとも十八歳《さい》になっていなければならない。ベンだってまだ十五歳だから役に立たない。それに、両親を巻《ま》きこむのはどうしてもいやだった。

「な、なにをしてほしいんだって？」

これはわたしたち三人がある日の午後、スピーカーフォンでいきなり電話したときの、おじいちゃんの返事。おじいちゃんに、インターネットオークションのアカウントを取り、インターネット決済《けっさい》の口座《こうざ》を作ってほしい、そうすればわたしたちがビンテージのボタンを売って六百ドルかせぐことができるから、と説明《せつめい》したのだ。

おじいちゃんは二十回もだめだめ、といったけど、ここでエリーの出番だ。エリーはだれよりも早くしゃべれるし、絶対《ぜったい》にあきらめない。しまいにおじいちゃんは笑《わら》いだし、決着がついた。というわけで、わたしたちの極秘放課後《ごくひほうかご》ボタン販売《はんばい》ビジネスは走りだした。

わたしはハンクに何袋《なんぶくろ》ものボタンをわたし、ハンクはそれらを調べてきちんと分類《ぶんるい》し、売り物になるようにまとめていく。つぎにわたしがそれぞれのボタンのグループを、出品できるように写真に撮《と》る。その写真をエリーにメールする。エリーは写真の説明文を書き、パソコンでオークションのサイトに出品の手続《てつづ》きをする。

おじいちゃんはどうしていたかって？　古い工場の建物《たてもの》の仕事を続《つづ》けていただけ。そして、こんなことに手を貸《か》したことを、ママやパパが気づいたらどういいわけしようか、ずっと悩《なや》んでいた。

そして、ママとパパは気づいちゃったんだよね。

だって、ボタンを出品したとたん、注文が殺到《さっとう》して、いろんなところへボタンの入った小さな荷物を発送しなければならなくなったからだ。ほんとにありとあらゆるところへ。イギリスでしょ、日本でしょ、オランダでしょ、中国へも。これじゃ、秘密《ひみつ》にしておくなんてできっこないよ。

だから、ママとパパには、わたしたちがなにをしているのか、どうしてそんなことをしているのか、説明《せつめい》する羽目になった。どのようにしてそれができるようになったのか。そしておじいちゃんは、どのように関係《かんけい》してるのかも。

両親は、どうしてそんなことをしているのか、という部分を聞いて、ひどく驚《おどろ》いた。なにもかも話しちゃったからね。ただ、ベンの経済《けいざい》の講義《こうぎ》のことと、こうしたらいいというアドバイスがなかったことは話さなかった。

ベンは恩《おん》にきてよ。わかってると思うけど。

でも、どうしてそんなに大量《たいりょう》のボタンをまいたのか、両親は理解《りかい》してくれたし、エリーとの仲《なか》がまたもとどおりになったことを喜《よろこ》んでくれた。それから、親友ふたりが校長室にやってきて、わたしをかばってくれた話をすると、ハンクに対するパパの評価《ひょうか》は、〈良《りょう》〉から〈優良《ゆうりょう》〉へと格上《かくあ》げされた。ハンクはほんとにそれにふさわしい。

ボタンを出品してからたったの十一日で、口座《こうざ》の残高《ざんだか》は六百七・一四ドルに達《たっ》した。それだけ売っても、特別《とくべつ》なボタンを入れた段《だん》ボール箱《ばこ》三箱の中身は、ほとんど減《へ》っていなかった。

校長先生に支払《しはら》いをすませたあとも、エリーは出品を続《つづ》けようといった。エリーの考えはこうだ。ボタンの持ち主はわたしだから、売りあげの五〇パーセントはわたしがもらい、エリーとハンクは仕事の報酬《ほうしゅう》として二五パーセントずつもらう、というもの。まあ、いい考えかもしれないけど、ボタンのことはもう終わりにしたいといった。少なくとも今は。

というわけで、エリーは思いどおりにはならなかったけど、腹《はら》を立てることもなく、いいはることもなく、ムッとしてどこかへ行ってしまうこともなかった。これはほんとに今までとはちがう。

そして、ほんとにうれしいことだ。


エリーがベルを鳴らす前に、玄関《げんかん》のドアをあけておいた。そしてふたりで、エリーのお母さんにバイバイと手をふった。

玄関に入ると、エリーはきょろきょろ見まわした。

「ここに来たの、すっごく昔じゃない？」

「そんなに昔じゃないよ——たったの二年と一か月と六日ぶり。放課後《ほうかご》、社会の課題をいっしょにやりにきたじゃん」

エリーはうなずいた。「そうそう——四年生のときだ。イリノイ州憲法《けんぽう》について！」そしてふり向いて、「あれからずっと、うちにばっかり来させてたもんね。どうしてそうしてたかわかる？」

「わかるよ——全部自分で仕切りたいからでしょ」

ふたりでちょっと笑《わら》った。でもエリーはすぐに真顔になった。わたしがふざけていったわけじゃないって、わかったから。

「どうしてそんなあたしのこと、ずっとがまんしてきたの？」

「簡単《かんたん》よ——エリーはほんとはいい人だって、最初《さいしょ》からわかってたから。それにさ、エリーのママが買ってくれるコーラがおいしかったから！」

わたしたちはまた笑って、二階へ上がった。

エリーはわたしの部屋の入り口で立ち止まると、部屋じゅうを見まわした。ハンクが来たあの日とまるで同じ行動だ。

今日は学校から帰ってきてから、部屋のかたづけを始めたんだけど、途中《とちゅう》でやめた。エリーの好《この》みのようにするよりも、ありのままの部屋を見せたかったから。

エリーはタンスのほうへ歩いていった。わたしもとなりについて歩く。エリーの目はあちこちの品物に飛《と》んでいる。それぞれどんな意味があるんだろうなんて、考えないでほしいな。だって、考えたってわからないもん、わたしにだって。

すると、エリーがなにかを指さしたので見てみた。例《れい》のうずまきボタンの、三つになったぎざぎざのかけらだ。ハンクも気がついたあのボタン。

「ごめん。捨《す》てとけばよかった」

「ううん、捨てちゃだめ。ねえ、聞いて。グレースがボタンはもういいっていうのは知ってるけど、もう一つだけ持ってきたの」

エリーが手わたしてくれたのは、真鍮《しんちゅう》のボタンだった。浮《う》き彫《ぼ》りになっている文字に親指をはわせてみる――〈STRONG《ストロング》 HOLD《ホールド》〉と書かれていた。あ、これあのときの。

「これはもらえないわ――エリーのひいひいおじいさんのじゃない！」

エリーはにっこりした。

「グレースのママがいったこと思いだして。六年生のときの友だちと、もう連絡《れんらく》をとってないっていう話。あたしたちはさ、そんなふうにならないよね。もしこのボタンが必要《ひつよう》になったら、すぐに連絡《れんらく》するから。もしそんな日が来たら、直接《ちょくせつ》あたしのところへ来て、返してよ」

エリーは片手《かたて》を伸《の》ばしてきた。

「その条件《じょうけん》で、取引成立《せいりつ》？」

「成立！」

そうして、ふたりで握手《あくしゅ》した。

作者あとがき

読者のみなさんへ

子どものころ、わたしはよく崩《くず》れかけた納屋《なや》や小屋をのぞきこんでいました。メーン州の田舎《いなか》にはそういうところがたくさんあったのです。さびた斧《おの》の刃《は》やこわれたドアノブや、真鍮《しんちゅう》や鉄やガラスの変《へん》なものを見つけると、宝物《たからもの》のようにうれしくて、家に持って帰ったものです。大人になった今でもまだ、古い道具やわけのわからない部品などを捨《す》てられないでいるよねと、まわりの人にいわれています。わたしの仕事場は、何十年にもわたって見つけたり買ったりした、おもしろくて役に立ちそうもない、ありとあらゆるものであふれています。

何年も前、わたしは古い縫製《ほうせい》工場で働《はたら》いていました。そこはもうじきアパートに作りかえられることになっていました。わたしが勤《つと》めていた会社は、その建物《たてもの》に最後《さいご》まで残《のこ》っていたのです。ある日、廊下《ろうか》に残っていたがらくたを見ていたわたしは、ボタンが入っている箱を見つけました。青、灰色《はいいろ》、茶色、すべて二十五セント硬貨《こうか》くらいの大きさです。それぞれの色につき、二百個から三百個ほどあったでしょう。そこで、わたしはその箱を持ち帰り、幼《おさな》い息子《むすこ》たちに与《あた》えたのです。四人の息子たちは、とたんにボタンに夢中《むちゅう》になりました。

息子たちはボタンを分け（ほとんどわしづかみでしたけどね）、それからはカードゲームのお金として使ったり、針金《はりがね》や糸で奇妙《きみょう》なオブジェを作ったり、交換《こうかん》したり、もちろん投げあいもしていました。青いボタンはなぜか茶色のボタンよりも価値《かち》があり、茶色のボタンは灰色《はいいろ》よりも高いということになっていました。言《い》い争《あらそ》いをしたり、ためこんだり、隠《かく》したりすることもしょっちゅうでしたし、不公平《ふこうへい》だ、よくばりだ、あからさまに盗《ぬす》んだ、などと大声で非難《ひなん》しあうこともたびたびありました。それからたったの一週間ほどで、息子たちの興味《きょうみ》はほかへうつり、あんなに夢中になったボタンは、地下のプレイルームの床《ゆか》にばらまかれたごみとなってしまったのです。

わたしが教師《きょうし》をしていた七年間にも、たくさんの流行があらわれては消えていきました。たとえばメキシカン・ジャンピング・ビーンズ、ペット・ロック、ムード・リング、ウィザーというコマ、『スター・ウォーズ』のフィギュアなどです。そして、息子たちを育てているあいだ、わたしと妻《つま》は、ポケモンカードやらビーニー・ベイビーズやらシリー・バンズなど、もっとたくさんの流行《はや》り廃《すた》りを見てきました。けれど、この六年生の流行の物語を書こうと思いついたとき、最初《さいしょ》に頭にすべりこんできたのが、あの箱に入ったボタンに、息子《むすこ》たちが示《しめ》した反応《はんのう》だったのです。こうしてさまざまなことを思いだしていく作業は楽しく、その結果《けっか》生まれたのが、あなたが今手にしている本『フレンドシップウォー　こわれたボタンと友情《ゆうじょう》のゆくえ』です。

わたしとともに小さな旅をしてくれてありがとう。そして、みなさんの読書の熱《ねつ》が、けっしてさめないことを祈《いの》っています。

アンドリュー・クレメンツ

訳者《やくしゃ》あとがき

ちょっとしたボタンのかけちがいで、友情《ゆうじょう》がこわれてしまうことがあります。多かれ少なかれ、だれしも経験《けいけん》することではないでしょうか？

この物語では、それこそボタンをめぐるいざこざがもとで、主人公グレースと長年親友だと思っていたエリーとの仲《なか》に、ひびが入ってしまいました。

『フレンドシップ　ウォー』のウォーは戦争《せんそう》という意味。友だちとの戦争、という意味のタイトルです。でもグレースは、本当はそんな戦争は望《のぞ》んでいませんでした。そこで、なんとか状況《じょうきょう》を好転《こうてん》させようと、ある行動に出ますが……。

そのあとどうなったかは読んでいただいたとおりです。アンドリュー・クレメンツさんの作品では、登場する子どもたちが知恵《ちえ》をめぐらせ、行動に移《うつ》し、最後《さいご》はハッピーエンドになるものがほとんどです。この作品でも例《れい》にたがわず、親友同士《どうし》にもどったグレースとエリー、それにハンクという男の子が加《くわ》わり、三人で力を合わせてピンチを乗りこえました。グレースとハンクの淡《あわ》い恋《こい》のゆくえも気になるところですね。

それにしても世の中にこんなにいろいろな種類《しゅるい》のボタンがあることを、初《はじ》めて知りました。どんなことでも掘《ほ》り下《さ》げていくと奥《おく》が深いものです。

さて、作者のアンドリュー・クレメンツさんの経歴《けいれき》ですが、クレメンツさんのウェブサイトに自己紹介《じこしょうかい》がくわしく載《の》っているので、ここでかいつまんでご紹介しましょう。

「わたしは一九四九年、アメリカのニュージャージー州で生まれ、六年生の途中《とちゅう》でイリノイ州へ引《ひ》っ越《こ》しました。両親は大の本好《ほんず》きで、わたしたちきょうだいにたくさん本を読んでくれました。わたしも読書が大好きになりました。そのころは作家になろうなどとは思っていませんでしたが、子どものころのこの経験《けいけん》は、のちに作家になったことと無関係《むかんけい》ではないでしょう。夏には家族でメーン州の湖へ行き、昼間は泳いだり釣《つ》りをしたりし、夜は静《しず》かに本を読みました。

高校三年生のとき、国語の授業《じゅぎょう》で書いた詩が先生にたいへんほめられ、書くことに自信《じしん》がつきました。ノースウェスタン大学では文学を専攻《せんこう》しましたが、気が向いたときに詩を書いたり、ギターを習って曲をつけたりする程度《ていど》で、書くことはなかなかたいへんだと思っていました。

大学卒業後《そつぎょうご》、ナショナル・ルイス大学の大学院で教育学修士《しゅうし》を取り、シカゴの近郊《きんこう》で七年間教師《きょうし》として働《はたら》きました。四年生を二年間、八年生（中学二年生）の国語を三年間、高校の国語を二年間担当《たんとう》したのです。たくさんの子どもたちと知り合い、いい本を読んで意見を出し合う体験《たいけん》はとても貴重《きちょう》なものでした。

教師生活一年めで結婚《けっこん》し、長男が生まれましたが、その地域《ちいき》では徐々《じょじょ》に生徒数《せいとすう》がへってきて、わたしは人員削減《さくげん》の対象《たいしょう》になりました。そこで教師の職《しょく》をあきらめ、家族でニューヨークへ移《うつ》り、シンガーソングライターになろうと思いました。もちろんうまくいくわけがありませんでしたが、一年半ほどじっくりすわって考えて詩を書く生活をしていたおかげで、ものを書くのに大事な姿勢《しせい》を学べました。

その後、小さな出版社《しゅっぱんしゃ》に勤《つと》めていましたが、友人に新しい会社を作るので手伝《てつだ》ってほしいとたのまれました。ヨーロッパの絵本を輸入《ゆにゅう》する会社でした。わたしはそこで絵本の文を書く仕事を始めました。同時に、出版業界のことを教わったり、優秀《ゆうしゅう》な作家、イラストレーター、絵本作家たちとも知り合ったりしました。こうして、わたしが文を書いた最初《さいしょ》の絵本が出版されたのです。

一九九〇年、新しい言葉を作る男の子の絵本を作り始めました。それはやがて長い物語となり、一九九六年『合言葉はフリンドル！』が出版されました。わたしの初の児童書《じどうしょ》です。この本は大人気となり、わたしは作家活動に専念《せんねん》できるようになったのです。
じっくり考えて書くためには静《しず》かな場所が必要《ひつよう》です。わたしは今では妻《つま》とメーン州に住み、家のガレージの向こうに仕事用の建物《たてもの》を作って、そこで書いています。どうしてこんなにたくさんの作品が書けるのかと聞かれることがありますが、答えは簡単《かんたん》。一語ずつ書いていけばいいのです。どんな結末《けつまつ》になるか決めておかなくてもかまいません。ただつぎに進む。つぎのアイデアを探し、つぎの言葉を書くのです。人生もまた同じ。一つひとつ、自分がいいと思うことをしていけばいいのです。そうすれば、おのずといい人生が送れるでしょう。」

八十冊《さつ》以上《いじょう》の作品を世に出したクレメンツさんは、この『フレンドシップ　ウォー　こわれたボタンと友情《ゆうじょう》のゆくえ』を出版《しゅっぱん》した二〇一九年、残念《ざんねん》なことに天国へ旅立ちました。今までたくさんの楽しい作品を残《のこ》してくださって、ありがとう、クレメンツさん！

二〇二〇年五月

田中奈津子

著者●アンドリュー・クレメンツ

1949年アメリカ生まれ。両親の影響で幼いときから本好きに。シカゴ近郊での教師生活を経て、絵本・児童文学作家として活躍。児童文学デビュー作『合言葉はフリンドル！』は全米で650万部以上売れ、受賞多数。世界12か国以上で翻訳される。「学校物語の帝王」と呼ばれ、80冊以上の作品を出版している。主な作品に『こちら「ランドリー新聞」編集部』『はるかなるアフガニスタン』『ぼくたち負け組クラブ』（以上講談社）など。2019年逝去。

訳者●田中奈津子（たなか なつこ）

翻訳家。東京都生まれ。東京外国語大学英米語学科卒。『はるかなるアフガニスタン』が青少年読書感想文全国コンクール課題図書に、『アラスカの小さな家族 バラードクリークのボー』が厚生労働省社会保障審議会推薦児童福祉文化財に選ばれている。翻訳は他に、『こちら「ランドリー新聞」編集部』『ぼくたち負け組クラブ』『天才ルーシーの計算ちがい』（以上講談社）などがある。

講談社 文学の扉

フレンドシップ ウォー

こわれたボタンと友情《ゆうじょう》のゆくえ

2020年７月７日　第１刷発行
2024年７月24日　第２刷発行

著　者——アンドリュー・クレメンツ
訳　者——田中奈津子《たなかなつこ》
発行者——森田浩章
発行所——株式会社 講談社
〒112-8001　東京都文京区音羽 2-12-21
電話　編集　03-5395-3535
販売　03-5395-3625
業務　03-5395-3615

KODANSHA

印刷所——株式会社精興社
製本所——株式会社若林製本工場
本文データ制作——講談社デジタル製作

N.D.C.933　238p　20cm　ISBN978-4-06-517326-8